entre amigos 1

Curso de Español para extranjeros
Nivel elemental

M.ª Luisa Lagartos
M.ª Isabel Martín
Ángeles Rebollo

Sociedad General Española de Librería, S. A.

Primera edición, 1990
Segunda edición, 1994

Produce: SGEL - Educación
          Marqués de Valdeiglesias, 5, 1.º - 28004 MADRID

Cubierta y diseño: Érika Hernández
Fotos: Archivo SGEL
Dibujos: M. Rueda

ISBN: 84-7143-427-X
Depósito Legal: M. 37.561-1993
Impreso en España - Printed in Spain

Compone: GRAPHICA
Imprime: GRÁFICAS PEÑALARA
Encuaderna: F. MÉNDEZ

Presentación

Los autores de este método de Español te invitan a aprender esta lengua en compañía de un grupo de niños, que juegan, están en el colegio, tienen fiestas, y se van de vacaciones.

Verás cómo es la vida de todos los días de estos niños. Ellos, junto con tus profesores, te enseñarán español de una forma divertida y práctica.

Este libro es un nivel elemental, que te servirá de base para continuar luego con el intermedio y, después, con el superior. Deseamos que te sean útiles para comunicarte con muchas personas en esta hermosa lengua, que es una de las más habladas en el mundo.

EL EDITOR.

Índice de contenidos

Unidad	Área temática
1	Los amigos
2	Juegos y deportes
3	El colegio
4	La calle (Repaso)
5	La familia
6	La vida cotidiana
7	Las partes del cuerpo
8	Las fiestas (Repaso)
9	El tiempo
10	La comida
11	Los animales
12	Las vacaciones (Repaso)

Para entendernos

OBSERVA

ESCUCHA

HABLA

LEE

ESCRIBE

ACTIVIDAD
EN GRUPO

HAZ TEATRO

MARCA CON
UNA CRUZ

JUEGOS

CANCIÓN

PIENSA

¡ATENCIÓN!

DIBUJA

PINTA

PREGUNTA

RESPUESTA

 Nuestros amigos

ISABEL

LUIS

PACO

ANA

DANIEL

Daniel.— ¡Hola!
Isabel.— ¡Hola!
Daniel.— ¿Cómo te llamas?
Isabel.— Isabel, ¿y tú?
Daniel.— Yo me llamo Daniel, éste es mi
amigo Luis.
Isabel.— ¡Ah..., mi hermano también se
llama así!

Ana.— Psss..., psss..., psss.
Es mi gato, se llama Chapi.
Niño.— ¡Chapi! ¡Chapi! ¡Hola, Chapi!
Ana.— ¡Hasta luego, Chapi!
Niño.— ¡Adiós, Chapi!

- ¿Y tú?
- Yo me llamo ....
- Mi nombre es ....

- Me llamo .... ;
  y tú, ¿ .... ?
- Yo me llamo ....

6

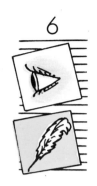

A __ __   D __ __ __ __ __   I __ __ __ __ __

L __ __ __   Ch __ __ __   s __ __ __ __ __   s __ __ __ __

7

Mi nombre es Daniel.   1
Buenos días, señora.   2
Mi gato se llama Chapi.   3

a ☐

c ☐

b ☐

8

4

CHOCOLATE CON LECHE

1
2 C
3 H
4 O
5 C
O
L
6 A
T
E

5

HOTEL PARQUE

3

6

2

1

9

1
2
3

Uno, dos y tres.
— ¿Cómo se llama usted?
— Ahora se lo diré:
¡Il-sa-bel!

_____
_____

¡Ma-nuel!

_____
_____
_____

¡Da-niel!

10

EL PARQUE

 la fuente

 el hotel

 la bicicleta

 el banco del parque

el globo

la hoja

el hombre

la flor

el árbol

11

el.........	la.........

 el niño

 el chico

 el hombre

 el señor

 los amigos

las amigas

la señora

la mujer

la chica

la niña

12

Chapi

la le**ch**e

la **ch**ica

el **ch**ocolate

la **ch**uleta

la le __ e,   la __ uleta,   __ api,   el __ ocolate,   la __ ica.

13

¡H**ola!,** h**elado,** h**oja,**
h**ombre,** h**otel,** h**ermano**

hoja, hotel, helado, hombre, hermano.

a)   El *herman*o de Isabel.

b)   El _____ de chocolate.

c)   La _____ del árbol.

d)   El _____ de los globos.

e)   El _____ del parque.

14

La letra **hache,** en español,
se escribe, pero no se pronuncia.

15

El día

La tarde

La noche

1 Buenos días.
2 Buenas tardes.
3 Buenas noches.

1.— ¿Cómo se llama la chica?
☐ Ana
☐ Chelo
☐ Isabel

2.— Los nombres de los chicos son _____ y _____

EVALUACIÓN

1.—

Yo me llamo ....

a) Ana ☐
b) Isabel ☐
c) Luis ☐

2.— Chapi es ....
a) el chico ☐
b) el señor ☐
c) el gato ☐

3.— a) Buenas noches ☐
b) ¡Hola, Ana! ☐
c) Buenos días ☐

4.

5.

- la bicicleta
- la flor
- el helado
- el niño

6.

7.

H   o   Ch

8.— Buenas no __ es, __ api.
9.— La __ ica dice: ¡ __ ola!
10.— El __ elado es de __ ocolate.

Puntuación ☐

2 ¿Juegas?

Isabel.— ¡Buenos días!
Ana.— ¡Hola, Isabel! ¿Juegas al balonc
Isabel.— Sí, de acuerdo.
Ana.— ¡Qué bien!, ya
somos diez.

Paco.— ¿Quién es esa niña rubia?
Luis.— Es Ana, una amiga del colegio.
Paco.— ¿De dónde es?
Luis.— Es de Córdoba, es muy simpática.

Paco.— ¡Hola, Ana! ¿Cuántos años tienes?
Ana.— Ocho, ¿y tú?
Paco.— Yo tengo nueve. ¿Y dónde vives?
Ana.— En la calle de Goya, número 4.
Paco.— ¡Fantástico!, yo también vivo en esa calle.

1. ¿Quién es Ana?

a ☐

c ☐

b ☐

2. ¿De dónde es Ana?

a) Buenos Aires ☐

b) Córdoba ☐

c) San Francisco ☐

3. ¿Dónde vive?
   Adivina quién es.

CALLE DE MIRÓ

a ☐

CALLE DE PICASSO

b ☐

CALLE DE GOYA

c ☐

4. ¿A qué juegan Isabel y sus amigos?

☐ a

b ☐

c ☐

d ☐

2

- ¿Quién es?
- Es Luis.
- ¿A qué juega?
- Al tenis.

- ¿Quiénes son?
- . . . .
- ¿A qué juegan?
- . . . .

3

- Yo me llamo Pablo, y tú, ¿cómo te llamas?
- . . . .
- Tengo siete años, y tú, ¿cuántos años tienes?
- . . . .
- Soy de Madrid, y tú, ¿de dónde eres?
- . . . .
- Vivo en la calle Mayor, y tú, ¿dónde vives?
- . . . .

4

- ¿Es niño o niña?
- . . . .
- ¿Cuántos años tiene?
- . . . .
- ¿De dónde es?
- . . . .
- ¿A qué juega?
- . . . .
- ¿Quién es?
- Es . . . .

5

Mi amigo se llama _____
Tiene _____ años
Es de _____
Vive en la calle de _____

6

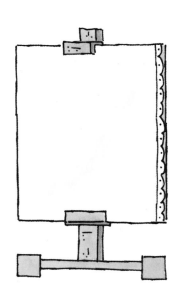

Tiene ocho años.
Vive en la calle de Goya número 4
Es de Córdoba.
Juega al baloncesto.
Tiene un gato.

   ¿Quién es? _____

7

Tú

Me llamo _____
Tengo _____
Soy _____
Vivo _____

8

¿Tú te llamas Juan?

No, vivo en la calle de Goya.

¿Tienes siete años?

No, me llamo Paco.

¿Vives en la calle Mayor?

No, soy de La Coruña

¿Eres de Sevilla?

No, tengo nueve años.

9

Barcelona

La Coruña

Madrid

Paco es de La Coruña.

Daniel _____

Luis _____

JUEGOS Y DEPORTES

10

el balón

el baloncesto

el dominó

las cartas

la cometa

la portería

el equipo

la pelota

la red

la raqueta

el campo de fútbol

el tenis

el dado, las fichas

la cuerda

la piscina

el corro

el columpio

el parchís

11

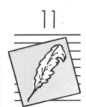

ca—co—cu	que—qui

la cometa

_____

_____

_____

_____

_____

_____

ca, que, qui, co, cu

12

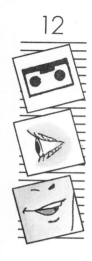

c + a ⟶ ca ⟶ calle

c + o ⟶ co ⟶ coche

c + u ⟶ cu ⟶ cuatro

qu + e ⟶ que ⟶ queso

qu + i ⟶ qui ⟶ quiosco

13

el __so,   la __lle,   el __osco,   el __tro,   el __che

14

Paco tiene_____raquetas de tenis.
Ana vive en la_____de Goya.
El_____está en el parque.
Enrique tiene un_____.
El _____ es fantástico.

queso
quiosco
cuatro
calle
coche

APRENDE LOS NÚMEROS

15

0 (cero) 1 (uno) 2 (dos) 3 (tres) 4 (cuatro)

5 (cinco) 6 (seis) 7 (siete) 8 (ocho)

9 (nueve) 10 (diez)

16

una red   seis coches

dos pelotas
de tenis   siete balones

tres quesos   ocho árboles

cuatro raquetas   nueve globos

cinco quioscos   diez flores

17

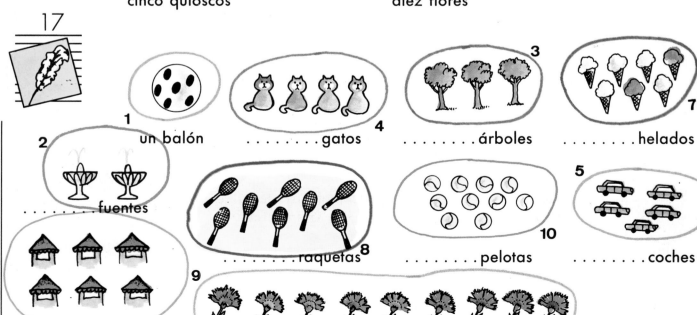

1 un balón

2 .... fuentes

4 .... gatos

3 .... árboles

7 .... helados

6 .... quioscos

8 .... raquetas

10 .... pelotas

5 .... coches

9 .... flores

18

	SI	NO
¿Juegan estos niños en un campo de fútbol?	☐	☐
¿El campo es del tío Joaquín?	☐	☐

EVALUACIÓN

	SI	NO
1.— Isabel juega al baloncesto	☐	☐
2.— Ana es amiga de Paco	☐	☐
3.— Paco tiene ocho años	☐	☐
4.— Ana vive en la calle de Goya	☐	☐

5.— Tú eres un . . . . . .
- a) ☐ señora
- b) ☐ hombre
- c) ☐ niño

6.— Tú tienes . . . .
- a) ☐ diez años
- b) ☐ nueve años
- c) ☐ ocho años

7.— Los niños juegan al fútbol.
- a) ☐ en el quiosco
- b) ☐ en la piscina
- c) ☐ en el campo de fútbol

8.— Ana es de . . . . . .
- a) ☐ Buenos Aires
- b) ☐ Córdoba
- c) ☐ San Francisco

9.— JUEGOS Y DEPORTES

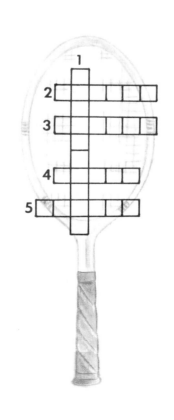

Puntuación ☐

3 ¡Qué fácil!

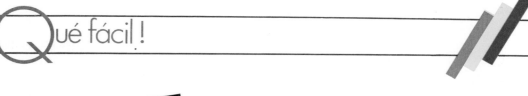

Paco.— ¡Mira! La profesora trae un paquete.
Chico.— ¿Qué es eso?
Chica.— ¿Es un regalo?
Profesora.— No, son libros de lectura para la biblioteca.

Daniel.— ¿Qué es aquello?
Chico.— Un avión.
Yoko.— No. No es un avión, es un helicóptero.
Daniel.— ¡Mirad! ¡Mirad! Tira papeles rojos y amarillos.
Chicos.— ¡Qué colores tan bonitos!

Luis.— ¡Qué cartera tan bonita!
Ana.— Mi hermana tiene una estupenda.
Teo.— ¿Cómo es?
Ana.— ¡Uf! Muy grande.
Teo.— ¿Y de qué color es?
Ana.— Verde, ¡es preciosa!
Luis.— ¡Qué suerte! La mía es muy vieja.

Isabel.— ¿Qué es esto?
Profesora.— Es el nuevo ordenador.
Chico.— ¿Para qué sirve?
Profesor.— Sirve para todo.
Chica.— ¿Todo?
Profesor.— Sí, para aprender matemáticas, lengua...
Isabel.— ¿También para hacer mis deberes?
El profesor.— Sí, claro.
Isabel y sus compañeros.— ¡Qué bien! ¡Qué fácil!

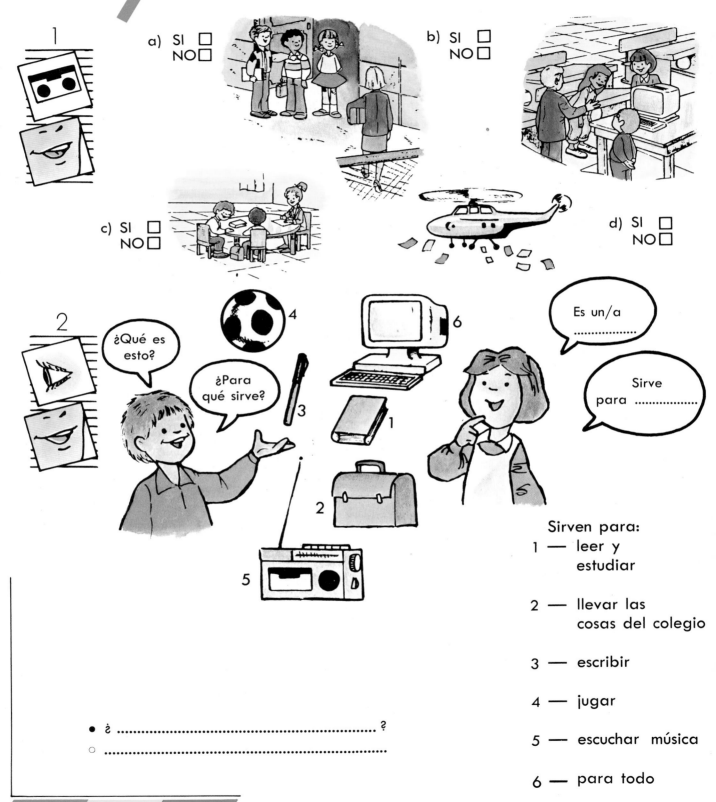

1

a) SI ☐
   NO ☐

b) SI ☐
   NO ☐

c) SI ☐
   NO ☐

d) SI ☐
   NO ☐

2

¿Qué es esto?

¿Para qué sirve?

Es un/a ....

Sirve para ....

Sirven para:

1 — leer y estudiar

2 — llevar las cosas del colegio

3 — escribir

4 — jugar

5 — escuchar música

6 — para todo

● ¿ .... ?

○ ....

3

1 ● ¿Qué es esto?
   ○ Es un bolígrafo.
2 ● ¿Qué es eso?
   ○ Es una mesa.
3 ● ¿Qué es aquello
   ○ Es un mapa.

4

COLEGIO

1 ● ¿ .... ?
   ○ ....
2 ● ¿ .... ?
   ○ ....
3 ● ¿ .... ?
   ○ ....

LEEMOS Y ESCRIBIMOS

'5

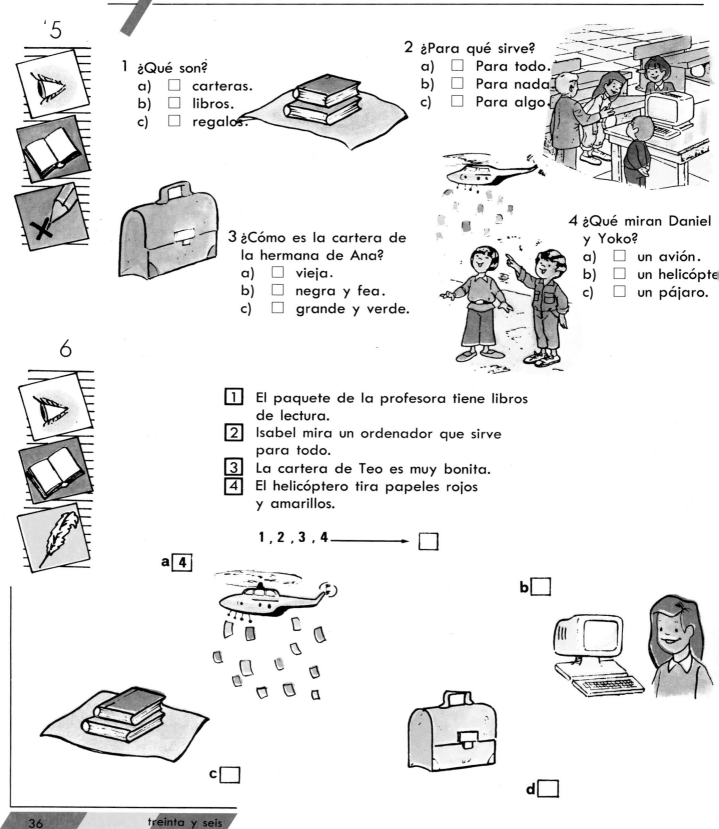

1 ¿Qué son?
- a) ☐ carteras.
- b) ☐ libros.
- c) ☐ regalos.

2 ¿Para qué sirve?
- a) ☐ Para todo.
- b) ☐ Para nada.
- c) ☐ Para algo.

3 ¿Cómo es la cartera de la hermana de Ana?
- a) ☐ vieja.
- b) ☐ negra y fea.
- c) ☐ grande y verde.

4 ¿Qué miran Daniel y Yoko?
- a) ☐ un avión.
- b) ☐ un helicóptero.
- c) ☐ un pájaro.

6

1 El paquete de la profesora tiene libros de lectura.
2 Isabel mira un ordenador que sirve para todo.
3 La cartera de Teo es muy bonita.
4 El helicóptero tira papeles rojos y amarillos.

1 , 2 , 3 , 4 ⟶ ☐

a 4

b ☐

c ☐

d ☐

7

a)  la _____

t a r c e r a

b) 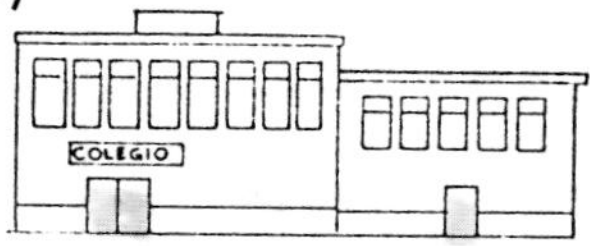 el _____

l e c i o g o

c)  el _____

b i o r l

d) 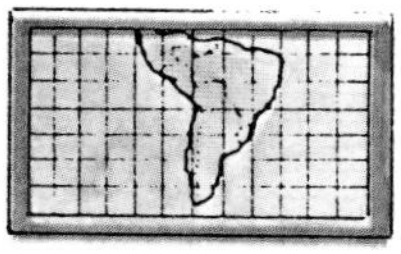 el _____

p a m a

8

a) Daniel aprende con el _____ .

b) Teo tiene una _____ muy bonita.

c) Este _____ de _____ sirve para estudiar.

d) Luis y Yoko escriben con un _____ .

9

1.—Mi hermano tiene un profesor muy bueno.
2.—Los niños escriben en el cuaderno.
3.—Juan lee unos libros muy bonitos.
4.—Mi clase es muy grande.

a)

1.—Mi _____

b) _____

c) _____

d) _____

10

- ¿Qué hacen en el colegio?

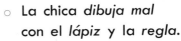

○ El profesor *enseña* Geografía.
○ Los *alumnos aprenden* Geografía.

○ La chica *dibuja mal* con el *lápiz* y la *regla*.

○ Vicente *estudia* una lección difícil.

rojo
amarillo
verde
azul
violeta

○ Dos chicos *pintan* los colores en la pizarra.
○ Luis *borra* el color rojo.

○ Isabel *lee* muy bien un cuento.

○ Él *escribe* con la *pluma* en el *cuaderno*.

○ Ella hace un *trabajo* con las *tijeras* y el *papel*.

○ Paco juega en el *patio de recreo* con los *compañeros*.

11

- ¿Qué haces tú?
○ ....
- ¿Qué hace tu profesor o profesora?
○ ....
- ¿Qué hacen tus compañeros?
○ ....

12

z + a = za ——→ zapatos

z + o = zo ——→ zorro

z + u = zu ——→ zumo

c + e = ce ——→ cerezas

c + i = ci ——→ cine

El __ __ mo, los __ __ patos,

el __ __ rro,

el __ __ ne, las __ __ rezas.

Los _____ son nuevos.
El _____ es marrón.
El _____ de naranja es bueno.
Las _____ son rojas.
El _____ es grande.

13

el racimo
de uvas

las manzanas

las ciruelas

las cerezas

100 ← el cien

el cielo ←

el ciego →

14

cerezas

zorro

manzana

100 cien

zapatos

zumo

racimo

ce, ci

za, zo, zu

ciego

cine

lápices

ciruelas

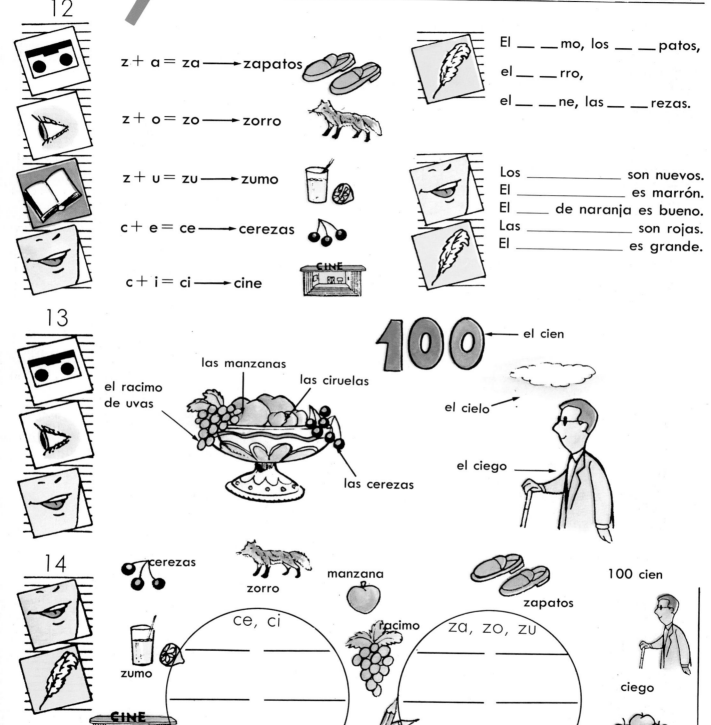

15

Cada letra tiene un nombre:

A	a	a	I	i	i	Q	q	qu	
B	b	be	J	j	jota	R	r	erre	
C	c	ce	K	k	ka	S	s	ese	
CH	ch	che	L	l	ele	T	t	te	
D	d	de	LL	ll	elle	U	u	u	
E	e	e	M	m	eme	V	v	uve	
F	f	efe	N	n	ene	W	w	uve doble	
G	g	ge	Ñ	ñ	eñe	X	x	equis	
H	h	hache	O	o	o	Y	y	y griega	
			P	p	pe	Z	z	zeta	

16

LA CANCIÓN DE LAS LETRAS

Vamos a cantar
de las letras la canción,
y con los animales
aprendemos la lección.

A, be, ce, che, de, e,
el cordero dice beeé.
Efe, ge, hache, i, jota,
el caballo salta y trota.

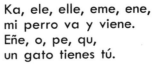

ARDILLA

Ka, ele, elle, eme, ene,
mi perro va y viene.
Eñe, o, pe, qu,
un gato tienes tú.

Erre, ese, te, u,
la vaca dice muuú
Uve, uve doble, equis, y griega, zeta,
la ardilla no está quieta.

GATO

PERRO

CORDERO

CABALLO

VACA

17

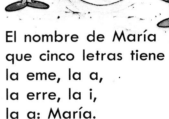

El nombre de María
que cinco letras tiene
la eme, la a,
la erre, la i,
la a: María.

El NOMBRE DE MA RI A QUE

CIN CO LE TRAS TIE NE LA

E ME LA A LA

E RRE LA I LA A

MA RI A

LA CAJA MÁGICA

		SI	NO
1.—	¿Es una caja mágica?	☐	☐
2.—	¿Abren las niñas la caja?	☐	☐

[1] ¿Qué es esto?
[2] ¿Para qué sirve?
[3] ¿Cómo es?
[4] ¿De qué color es?

☐ Para guardar los libros
   y los cuadernos.
☐ Es grande y nueva.
☐ Es verde.
☐ Una cartera.

[5] Pinta la flor en color rojo.

[6] Escribe las letras de C _ _ _ _ _ _ _

C   Z

[7] ....   [9] ....

[8] ....   [10] ....

Puntuación ☐

LA FIESTA DEL BARRIO

Isabel.— ¡Mamá, mira un robot!
El robot.— Soy el robot Sabelotodo.
Isabel.— A ver, ¿quién soy yo?
El robot.— Eres una niña.
Isabel.— ¿Cómo me llamo?
El robot.— Te llamas Isabel.
Isabel.— ¿Cuántos años tengo?
El robot.— Tienes diez años.
Isabel.— ¿Dónde vivo?
El robot.— Vives en este barrio.
Madre de Isabel.— ¡Lo sabe todo!

Mago.— ¡Atención! ¡Atención! grandes, pequeños y pequeñitos.
Daniel.— Pero, ¿qué es eso?
La hermana de Daniel.— Un perrito, ¿no lo ves?
Daniel.— ¿Eso es un perro? ¡Qué risa! ¡Qué feo!

Teo.— ¡Qué divertido!
Ana.— ¡Hola! ¿Vais a montaros?
Luis.— Sí, ahora.
Padre de Luis.— Hola, chicos, buenas tardes.
Paco.— Yo me monto en el caballo negro.
Luis.— Y yo, en el coche blanco.
Teo.— Adiós, divertíos mucho.

1.—Paco y Luis se montan: a) en un carrusel ☐
b) en un avión ☐
c) en una bicicleta ☐

2.— El mago tiene: a) un gato ☐
b) un caballo ☐
c) un perro ☐

3.—Isabel habla con: a) un niño ☐
b) un robot ☐
c) un señor ☐

TEO LLAMA POR TELÉFONO A ANA

Ring... Ring...
•.—Sí, dígame.
○.—Hola, soy Teo. ¿Eres Ana?
•.—No, soy la señora López.
○.—¡Oh! Perdón.

•.—Señora López

Ring... Ring...
•.—¿Oiga?
.—Ana, ¿eres tú?
•.—Sí, Teo, hola.
○.—¿Vamos a la fiesta del barrio?
•.—Sí, ¡qué bien!, ¡qué divertido!
○.—Bueno, hasta esta tarde a las cinco.
   Adiós.
•.—Hasta luego.

•.—Ana

○.—Teo

Esa cosita es
un/a ....

Don Melitón

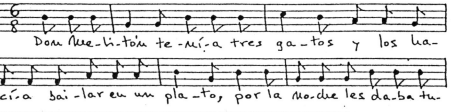

Don Me-li-tón te-ní-a tres ga-tos y los ha-

cí-a bai-lar en un pla-to, por la no-che les da-ba tu-

rrón, que vi-van los ga-tos de Don Me-li-tón.

Don Melitón
tenía tres gatos,
y los hacía
bailar en un plato,
por la noche
les daba turrón,
que vivan los gatos
de Don Melitón.

5

colegio, amiga, Teo, divertidas, fiestas

Querida _ _ _ _ _ _ _ _ _ _ _ :
Esta tarde voy a las _ _ _ _ _ _ _
del barrio con _ _ _ _ _ _ _ _ _ _ _ _ ,
Son muy _ _ _ _ _ _ _ _ _ _ _ _ ,
Los amigos del _ _ _ _ _ _ _ _ _
van también .
La calle está muy bonita
Hasta pronto Besos Ana

Señorita
Charo Cano Quevedo

Avenida Juárez 43
México 1, D.F

6

S
E
M
A
F
O
R
O

1 Tú vives en una _____
2 Vosotros aprendéis en el _____
3 Mi _____ es Isabel.
4 Ana vive en la _____ de Goya.
5 Teo llama por _____ a Ana.
6 Isabel habla con el _____ Sabelotodo.
7 El mago tiene un _____
8 Nuestros _____ se llaman Isabel,
Paco, Luis, Ana y Daniel.

7

¿Cómo te llamas?

¡Hola!

¿De dónde eres?

¿Dónde vives?

¿A qué juegas?

¿Cuántos años tienes?

- ¡Hola! _____
- ¿_____?
- ¿_____?
- ¿_____?
- ¿_____?
- ¿_____?

- ○ Hola, Sabelotodo. _____
- ○ Me llamo María. _____
- ○ Tengo diez años. _____
- ○ Vivo en la plaza Mayor. _____
- ○ Soy de Madrid. _____
- ○ Juego al tenis. _____

8

el _____

el _____

el _____

la _____
los _____

el _____

el _____

la _____

el _____

la _____

9

— La raqueta sirve para _____
— Los libros sirven para _____
— El ordenador _____
— Los lápices _____

10

El barrio

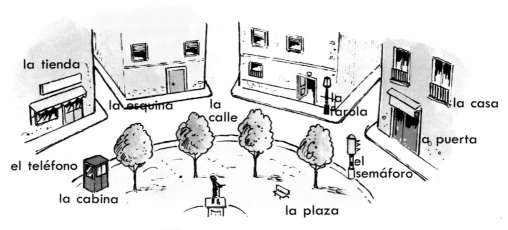

la tienda
la esquina
la calle
la farola
la casa
la puerta
el teléfono
la cabina
el semáforo
la plaza

11

Ana vive en la _____ de mi calle.

Su _____ tiene la _____ de color _____.

En la plaza hay una _____ , una _____ de

_____ y un _____ .

12

bonito/a

pequeño/a

feo/a

grande

divertido/a

- ¿Cómo es tu barrio?
- ○ Mi barrio es:

_____
_____

- ¿Cómo es tu calle?
- ○ Mi calle es:

_____
_____

5 ¿Cómo es Ana?

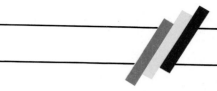

Carmen.— Mamá, ¡mira qué hombre tan feo!

María.— ¿Cuál, el señor con barba y bigote?

Carmen.— No, el señor sin pelo.

María.— No te rías, que tu padre también es calvo.

Carmen.— ¡Papá es mucho más guapo!

Pablo.— ¡Fíjate, Carlos!, ¡qué muchacha tan guapa!
Carlos.— ¿Cuál, la alta y rubia?
Pablo.— No, la morena de ojos verdes.
Carlos.— ¡Bah!, está un poco gorda.
Pablo.— A mí me gustan así.

Pepe.— ¡Qué guapa está hoy la abuela!
La abuela Ana.— Sí, hijo. Es por el aire del campo.
Ana.— Y yo, ¿no estoy guapa?
Pepe.— Guapísima, hija, te pareces a la abuela.
El abuelo Manuel.— Tú eres la nieta más guapa del mundo.

1

		SI	NO
a)	El padre de Ana tiene barba y bigote.	☐	☐
b)	Hoy la abuela está fea.	☐	☐
c)	Ana se parece a su abuela.	☐	☐
d)	A Pablo le gusta la chica alta y rubia.	☐	☐

2

¿Cómo son?

guapo ←→ feo   simpática ←→ antipática

¿Cómo tienen el pelo?

alta ←→ baja   gordo ←→ delgado

Yoko tiene el pelo negro, liso y largo.
Raúl tiene el pelo rubio, rizado y corto.
Raquel tiene el pelo castaño, liso y corto.

- ¿Cómo es Ana?
- Ana es una chica alta y delgada. Tiene el pelo castaño y los ojos negros.

- ¿Cómo eres tú?
- Yo soy ....
  Tengo ....
- ¿Cómo es tu amigo/a?
- Él/Ella es ....
  Tiene ....

3

Éste es Julio.
Es cantante.
¿Cómo es?

Ésta es Julia.
Es bailarina.
¿Cómo es?

4

La familia de Ana Herrero García

Manuel, el abuelo

Ana, la abuela

Rosa, la tía

Enrique, el tío

Pepe, el padre

María, la madre

Pilar, la prima

Carlos, el primo

Pablo,
el hermano
mayor

Ana

Carmen,
la hermana
menor

- ¿Quién es *Manuel*?
  ¿Cómo es el *abuelo*?

○ *Manuel* es el abuelo de Ana.
  El *abuelo* es ....

5

a

b

c

d

e

f

LEEMOS Y ESCRIBIMOS

6

a) Tomás es _____ (alto ←→ bajo)
Él es _____ (rubio ←→ moreno)
Él __ _____ (simpático ←→ antipático)

b) Juana _____
(alta ←→ baja)
Ella es _____
(rubia ←→ morena)
Ella __ _____
(simpática ←→ antipática)

c) Pablo y Carlos son _____
(gordos ←→ delgados)
Ellos son _____
(altos ←→ bajos)
Ellos __ _____
(simpáticos ←→ antipáticos)

d) Pilar y Carmen son _____
(gordas ←→ delgadas)
Ellas __ _____
(altas ←→ bajas)
Ellas __ _____
(simpáticas ←→ antipáticas)

7

¿Cómo son Antonio y Teresa?

Antonio es _____ y _____
Lleva un sombrero _____
Tiene el pelo _____, corto y liso.

Teresa es _____ y _____
Tiene el pelo _____, largo y rizado.
Antonio y Teresa son muy _____

8

¿Cómo tiene Antonio el pelo?

_____

¿Qué lleva en la cabeza?

_____

¿De qué color es el sombrero?

_____

¿Cómo son Antonio y Teresa?

_____

9

Carlos y su familia

Mi nombre es Carlos.
Mis padres se llaman Rosa
y Enrique.
Tengo una hermana mayor
que se llama Pilar.

Carlos y su familia

Tú y tu familia

Tú y tu familia

Mi _____

_____

_____

_____

_____

_____

en el campo

10

la luz del sol

la nube

el cielo

la montaña

el lago

el bosque

el pez

la hierba

la casa de campo

el camino

el agua
de la fuente

el río

la tierra

la piedra

11

el río → **los** ríos
el camino → los _____
el bosque → _____

la nube → **las** nubes
la casa → las_____
la piedra → _____

el árbol → **los** árboles
el sol → _____

la flor → las_____
la lección → _____

el **pez** → los pe**ces**_____

la luz → _____

12

el río

la tierra

alrededor

El **r**ío lleva el agua muy fría.
La tie**rr**a da vueltas al**r**ededor del sol.

13

Enrique, Pilar, Rosa, Carmen, hermano

Los tíos de Ana se llaman_____ y _____.
Pablo es su _____ mayor y _____,
su hermana menor.
Su prima es _____.

14

-r-
alrededor

_____

_____

_____

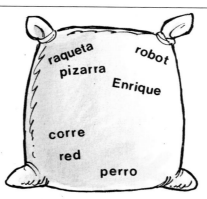

raqueta
robot
pizarra
Enrique
corre
red
perro

r-
río

_____

_____

-rr-
tierra

_____

_____

15

Trabalenguas

Erre con erre guitarra,
erre con erre barril,
erre con erre la rueda,
la rueda del ferrocarril.

16

- Yo estudio español.
  ¿Vosotros, también?

○ No, nosotros estudiamos
  inglés.

- Y tú, ¿qué estudias?
○ Él no estudia, juega
  al baloncesto.

- Ellos también juegan
  al baloncesto.
  Ahora, hablad vosotros.

17

Me gusta contar

Uno, dos y tres
cuatro, cinco y seis,
siete, ocho,
nueve y diez.

Me gusta contar,
contar hasta diez,
luego hasta veinte,
y, por fin, hasta cien.

Diez, veinte, treinta,
cuarenta, cincuenta, sesenta,
setenta, ochenta,
noventa y cien.

Y al llegar a cien,
empiezo a restar,
de diez en diez,
hasta terminar.

Cien, noventa, ochenta,
setenta, sesenta, cincuenta,
cuarenta, treinta, veinte,
diez y... cero...

No cuento más porque no quiero.

10
20
30
40
50
60
70
80
90
100

ROBERT NO HABLA ESPAÑOL

1. El chico pelirrojo es ☐ bajo
☐ alto

2. ¿Habla español? ☐ sí
☐ no

3. ¿Qué deporte van a practicar? ☐ tenis
☐ fútbol
☐ baloncesto

EVALUACIÓN

1

La abuela de Ana

¿Cómo se llama?
_____

¿Cómo es?
_____
_____
_____

2

| -s/-es/-ces |

el abuelo → los _____
el padre → _____
el hijo → _____
el tío → _____

la flor → las _____
la luz → _____
la montaña → _____
la hierba → _____

3

| r/rr |

La tie__a es __edonda.
En__ique es el tío de Ca__men.
__osa tiene un pe__o.
Los niños co__en al__ededor de la casa.

4

| yo, tú, él/ella, nosotros, vosotros, ellos/ellas. |

- ¿Eres _____, Raúl?
- Sí, soy_____
- _____ vamos al campo, ¿vienes?
- ¿Quiénes van?
- Ana, Paco, Luis...
- ¿Va Raquel?
- No, _____ no puede ir, tiene que estudiar.

5

Yo tengo **10**_____ años, mi madre tiene **30** _____.

y mi abuela tiene **60**_____. Entre las tres

sumamos **100**_____ años.

Puntuación ☐

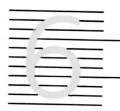

6 Buenos días

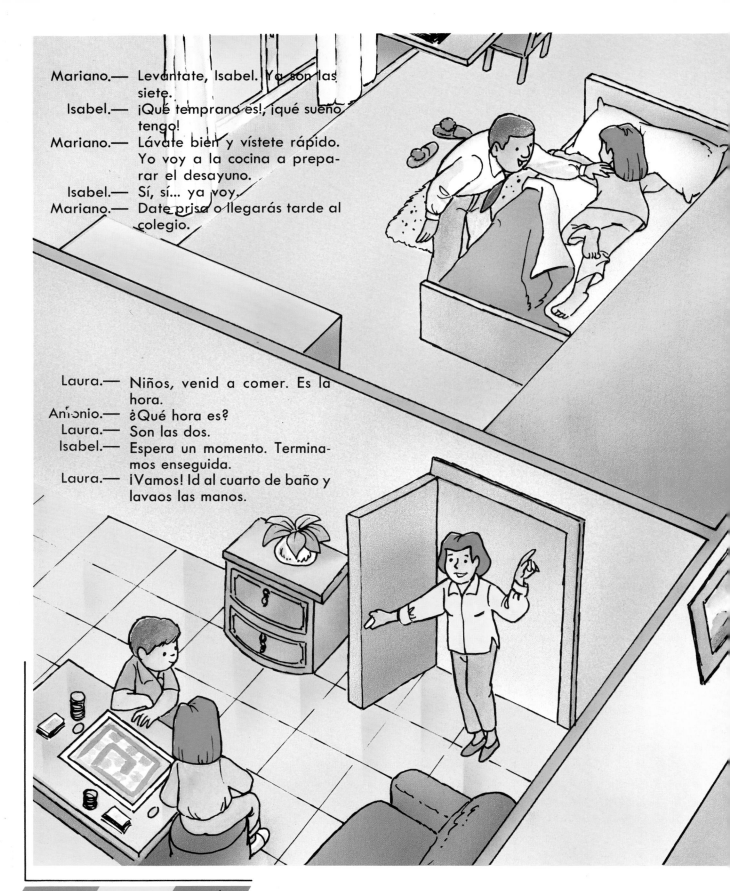

Mariano.— Levántate, Isabel. Ya son las siete.

Isabel.— ¡Qué temprano es!, ¡qué sueño tengo!

Mariano.— Lávate bien y vístete rápido. Yo voy a la cocina a preparar el desayuno.

Isabel.— Sí, sí... ya voy.

Mariano.— Date prisa o llegarás tarde al colegio.

Laura.— Niños, venid a comer. Es la hora.

Antonio.— ¿Qué hora es?

Laura.— Son las dos.

Isabel.— Espera un momento. Terminamos enseguida.

Laura.— ¡Vamos! Id al cuarto de baño y lavaos las manos.

Isabel.— ¡Hola mamá! ¿Me das la merienda?

Laura.— Te la estoy preparando. ¿Tienes prisa?

Isabel.— Sí, a las seis hay un programa en la televisión que me gusta mucho.

Laura.— Pero es los martes, ¿no?

Isabel.— ¡No!, es hoy, lunes.

Antonio.— Isabel, ¿qué haces?

Isabel.— Estoy duchándome.

Antonio.— Acaba pronto que ahora me toca a mí.

Isabel.— ¿A qué hora viene papá?

Antonio.— Ya está aquí, y vamos a cenar dentro de media hora.

Isabel.— Entonces, dúchate después de cenar.

1. 1. Isabel se levanta...

   a) a las diez
   b) a las siete
   c) a las once

2. Antonio e Isabel antes de comer...

   a) se lavan las manos
   b) no se lavan las manos
   c) se lavan la cara.

3. El programa de televisión...

   a) es a las seis
   b) es los martes
   c) es a las nueve.

4. Antonio está...

   a) en la cocina
   b) en la puerta del cuarto de baño
   c) en el salón.

2.

- ¿Qué hace Pedro a las siete de la mañana?
- Se levanta de la cama.
- ¿Qué hace Pedro después?
- Se lava la cara.
- Y después de lavarse, ¿qué hace?
- Se viste.
- ¿Qué hace Pedro a las doce del día?
- _____
- _____
- _____

- ¿Qué hace Pedro a las nueve de la noche?

El reloj y las horas

3

Es la una

Es la una
menos cuarto

Es la una menos
veinte

Tú, ¿a
qué hora?

Son las 12

Son las
12 y cuarto

Son las 12
y veinte

Son las 12
y media

¿Te gusta?, ¿no te gusta?

4

levantarse

montar en
bicicleta

nadar

acostarse

—Me gusta acostarme tarde.
—No me gusta levantarme pronto.
Ahora, tú.

ir al colegio

leer

jugar al fútbol

dormir

dibujar

5

¡Qué día!

A las siete, levantada estoy.

A las siete y cuarto
el desayuno me dan.

¡Las ocho y media!,
la clase empieza ya.

A las doce en el colegio,
el almuerzo me dan.

Llega la tarde, y
tengo ganas de jugar.

¡La noche! a cenar
y a descansar.

6

- ¿A qué hora te levantas?
- A las siete en punto.
- ¿A qué hora desayunas?
- _____
- ¿A qué hora empiezan tus clases?
- _____
- ¿A qué hora almuerzas?
- _____
- ¿A qué hora juegas?
- _____
- ¿A qué hora cenas?
- _____
- ¿A qué hora te acuestas?
- _____

¿Cuándo se hace?

Al mediodía

Por la mañana

Por la noche

Mi familia desayuna temprano.
Mi abuelo cena en mi casa.
Mis hermanos y yo almorzamos en
    el colegio.
Me lavo antes de acostarme.
María sale del colegio a la una.
Andrés se levanta a las ocho.

Por la mañana.
_____
_____
_____
_____
_____

8

Madrid 20-1-1990
Querida amiga:
¿Qué tal? Yo lo paso
muy bien.
   Por la mañana me le
vanto muy temprano.
   En el colegio estudio
mucho pero también me
divierto.
   Hago mucho deporte, juego
al tenis, al baloncesto, monto
en bicicleta.
   Por la noche me acuesto
pronto. Todos los días leo
un poco antes de dormirme
    Abrazos
    Ana

20-1-1990
Querida
¿Qué   ? Yo lo paso

   Por la   me le
vanto muy
   En el colegio estudio
mucho pero también me

    mucho   , juego
al   al   , monto
en bicicleta.
   Por la   me
   . Todos los   leo
un poco antes de
    Abrazos

PALABRAS NUEVAS: La casa

9

la cama
el armario
la lámpara

el dormitorio

el cuarto de baño

la ducha
el lavabo
la bañera
la mesa

el reloj
la cocina de gas
el frigorífico

la cocina

el salón

la silla
el sofá
el sillón

la puerta la escalera

10

A las _____ y _____ salgo del colegio y voy a mi _____.

Mi perro Tor me espera en la _____. Hago los deberes en

mi _____ después me ducho en el _____ de _____. Ceno a las

_____ y me voy a la _____ a las _____.

¡Buenas noches!

11

- ¿Qué hay en el dormitorio?
  ○ ....
- ¿Qué hay en el salón?
  ○ ....
- ¿Qué hay en el cuarto
  de baño?
  ○ ....
- ¿Qué hay en la cocina?
  ○ ....

12

SALÓN

DORMITORIO
_____

_____

CAMA SOFÁ
RELOJ LÁMPARA
FRIGORÍFICO LAVABO
ARMARIO
SILLÓN DUCHA

COCINA
_____

CUARTO DE BAÑO
_____

13

¡Mira!, es la hora de jugar.

María pide la merienda
a su tía.

   la escale__a

   la bañe__a

   Ma__io

   Lau__a

14

En el _____ hay _____ y _____

La _____ de Mariano es _____

En el _____ hay un _____

La _____ del jardín es _____

15

r   rr

pera   perra

_____   _____

_____   _____

tijeras pizarra farola
ce ro
zorro barrio escalera
        guitarra
caramelo   cara
    tierra marrón

_____   _____

_____   _____

_____   _____

_____   _____

APRENDE

LOS DÍAS DE LA SEMANA

LUNES	MARTES	MIÉRCOLES	JUEVES	VIERNES	SÁBADO	DOMINGO
1	2	3	4	5	6	7

Fin de semana

La semana de Luis.

El *lunes* estudio Matemáticas,
y juego al fútbol el *martes*.
El *miércoles* toco la trompeta
y el *jueves* paseo en bicicleta.
El *viernes* veo la televisión.
El *sábado* voy de excursión,
y el *domingo* ¡soy un dormilón!

● ¿Qué haces tú durante la semana?
○ ....

17

● ¿Qué hora es?   ○ Son las ....
                    ○ Es la una ....

Son las ....
Es la .... } menos

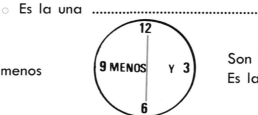
9 MENOS   Y   3

Son las ....
Es la .... } y

Es la una
menos
veinte

Son las
dos menos
cuarto

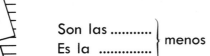
Son las doce
y media

Son las dos
y cuarto

Es la una
y veinte

 ● ¿Qué hora es?
○ _____

○ _____

○ _____

○ _____

18

1. ¿Qué hace Isabel?
☐ lavarse
☐ ducharse
☐ bañarse

2. ¿Qué dice Isabel a su hermano?
☐ tonto
☐ gamberro

EVALUACIÓN

1. ¿Qué hora es?

_____

_____

_____

_____

2.

¿Qué hace Luis cada día de la semana?

El <u>lunes</u> estudia Matemáticas.

El _____ toca la trompeta.

El _____ ve la televisión.

3.

El _____ juega al fútbol.

El _____ pasea en bicicleta.

El _____ va de excursión.

El _____ es un dormilón.

a) El dormitorio _____

b) _____

c) _____

d) _____

4.

-r - rr-

El sombre__o de Ma__ía es ama__illo y ma__ón.

El pe__o de Carlos quie__e comer ca__amelos de na__anja.

En el arma__io de la cocina hay pe__as.

5. ¿Qué hace María?

a) _____

b) _____

c) _____

d) _____

e) _____

Puntuación ☐

7 Nos disfrazamos

China.— ¡Qué camisa tan rara!
Negro.— Es de mi hermana.
India.— (Ja, ja...) ¿Y esos pantalones tan anchos?
Árabe.— Son de mi abuelo.
Maga.— Yo llevo puesto un vestido de mi madre.
Vaquero.— ¡Alto, manos arriba!

Bailarina.— ¡Estáte quieto!, no muevas la boca.

Payaso.— ¡Que me pintas los dientes!

Bailarina.— Quita el pie, que te piso.

Tuno.— Vosotros, ¡terminad!, que va a empezar pronto el concurso.

Payaso.— ¿Dónde están mis calcetines de rayas y mis zapatos?

Bailarina.— ¡Los llevas puestos, tonto!

Tuno.— ¡Estás muy gracioso!

Turista.— ¡Quietos!, os voy a sacar una foto.

Gitana.— Espera un momento. ¿Dónde está mi pañuelo de la cabeza?

Turista.— Mira, está allí, encima de la mesa.

Fantasmas.— ¡Uuuuuh!

Conejo.— ¡Qué miedo!

Turista.— ¡Eh!, fantasma, que se te ven los brazos y las piernas.

1

a. La bailarina pinta al payaso.

 □   □   □

b. ¿Qué lleva puesto el árabe?

 □    □    □

c. ¿Dónde está el pañuelo de la gitana?

 □    □    □

2

- ¿De qué se disfrazan los niños?
- De payaso, de...
- ¿Qué lleva puesto el payaso?
- El payaso lleva puesto ....
- ¿Dónde están los zapatos del payaso?
- ....
- ¿Qué se le ve al fantasma?
- ....
- ....
- ....

3

¿Dónde están mis gafas?

4

Pinta un turista con:

boca roja
nariz grande
ojos verdes
pelo negro
sombrero marrón
pantalón rojo
camisa azul
zapatos amarillos

5

● ¿Qué lleva puesto el turista?

○ ....

LEEMOS Y ESCRIBIMOS

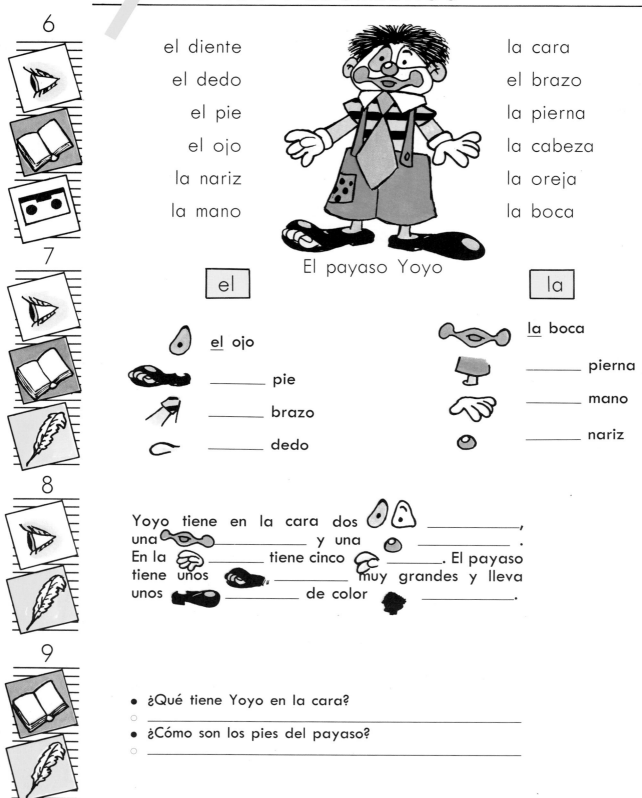

el diente   la cara
el dedo   el brazo
el pie   la pierna
el ojo   la cabeza
la nariz   la oreja
la mano   la boca

El payaso Yoyo

el   la

el ojo

_____ pie

_____ brazo

_____ dedo

la boca

_____ pierna

_____ mano

_____ nariz

Yoyo tiene en la cara dos _____ ,
una _____ y una _____ .
En la _____ tiene cinco _____ . El payaso
tiene unos _____ muy grandes y lleva
unos _____ de color _____ .

- ¿Qué tiene Yoyo en la cara?
  ○ _____
- ¿Cómo son los pies del payaso?
  ○ _____

6

7

8

9

10

Los carnavales

Ya vienen los carnavales,
¡qué fiestas tan divertidas!
todos nos disfrazamos
y reímos todo el día.

Pedro se viste de payaso,
y lleva a la bailarina del brazo;
el fantasma asusta a la turista,
¡qué divertido! ¡qué risa! ¡qué risa!

11

Los carnavales _____ unas _____
muy _____. Todos nos _____ y
_____ mucho.
Pedro se _____ de _____. El
_____ asusta a la _____ ¡Qué risa!

12

LA PALABRA MISTERIOSA

| P | I | E |
1

| Z | A | P | A | T | O |
4

| M | A | N | O |
2 7

| N | A | R | I | Z |
3

| C | A | B | E | Z | A |
5

| D | E | D | O | S |
9   10

| P | I | E | R | N | A |
8

| F | A | L | D | A |
6

| | | | | | | | | | |
1 2 3 4 5 6 7 8 9 10

13

la blusa
la chaqueta

la falda

la media

el zapato

YOLANDA

la camisa
el guante
el suéter
el abrigo
el pantalón
el calcetín
la bota

PELAYO

14

- ¿Qué lleva puesto Yolanda?
  ○ ....
- ¿Qué lleva puesto Pelayo?
  ○ ....
- ¿Qué llevas puesto tú?
  ○ ....

15

la → **una**

una   blusa

_____ _____

_____ _____

el → **un**

un   pantalón

_____ _____

_____ _____

las → **unas**

unas   botas

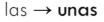 _____ _____

los → **unos**

unos   guantes

  _____ _____

16

Y

Yolanda — Go**y**a — ma**y**or — desa**y**uno

Yolanda es mi hermana ma**y**or.
Yo desa**y**uno temprano.
Go**y**a es un pintor español.

LL

llave — amari**ll**o — ca**ll**e — **ll**ueve —

17

A**ll**í está la **ll**ave del casti**ll**o.
Aque**ll**a niña se **ll**ama María. **Ll**eva una falda amari**ll**a.

ll - y

¿Dónde están las __aves del casti__o?
__o desa__uno con mi hermana ma__or.
El pa__aso se __ama __o__o.
__olanda __eva puesta una falda amari__a.

18

¿Dónde están las llaves?

Yo tengo un castillo,
matarile-rile-rile,
yo tengo un castillo,
matarile-rile-rón,
pim-pón.

¿Dónde están las llaves?
matarile-rile-rile,
¿dónde están las llaves?
matarile-rile-rón,
pim-pón.

En el fondo del mar,
matarile-rile-rile,
en el fondo del mar,
matarile-rile-rón.
pim-pón.

Allegretto mosso
Yo ten-go un cas-ti-llo, ma-ta-ri-le, ri-le,
ri-le, yo ten-go un casti-llo, ma-ta-ri-le, ri-le,
rón, pim-pón. ¿Dón-de es-tán las lla-ves? ma-ta-
ri-le, ri-le, ri-le. ¿Dón-de es-tán las lla-ves? ma-ta-
ri-le, ri-le, rón, pim-pón. En el pón

19

2 fuera

6 encima

4 detrás

centro

8 a la izquierda

3 delante

5 debajo

7 a la derecha

1. ● ¿Dónde está el domador?
   ○ El domador está dentro de la jaula.

2. ● ¿Dónde está el león?
   ○ ....

3. ● ¿Dónde está la bailarina?
   ○ ....

4. ● ¿Dónde está el payaso?
   ○ ....

5. ● ¿Dónde está el turista?
   ○ ....

6. ● ¿Dónde están los conejos?
   ○ ....

7. ● ¿Dónde está el balón de la bailarina? ....

8. ● ¿Dónde está el perro?
   ○ ....

20

El gato está:

encima ☐
debajo ☐

El árbol está:
A la derecha ☐
A la izquierda ☐

El balón está:

dentro ☐
fuera ☐

El lobo está:

delante ☐
detrás ☐

CAPERUCITA ROJA

21

La abuela de Caperucita vive en el bosque.

Caperucita le lleva miel y una tarta.

El lobo ve a Caperucita, corre mucho y llega antes a casa de la abuela.

Se come a la abuela; se viste con su ropa y se mete en la cama.

Cuando llega Caperucita se encuentra con una abuela muy rara.

Abuelita, ¡qué orejas tan grandes tienes!

Son para oírte mejor.

Y la boca... ¡qué boca tan grande!

¡Es para comerte mejor!

El lobo está { delante ☐ / detrás ☐ } del árbol

El lobo tiene la boca { grande ☐ / pequeña ☐ }

EVALUACIÓN

1. Los _____ los llevo puestos en las _____

2. Los _____ los llevo puestos en las _____

3. El _____ lo llevo puesto en la _____

4. Los _____ los llevo puestos en los _____

5. El gato está
a) detrás ☐
b) delante ☐
c) debajo ☐
d) encima ☐

6. Los zapatos están:
a) a la derecha ☐
b) dentro ☐
c) fuera ☐
d) a la izquierda ☐

7. ¿Qué llevan puesto los niños?

_____

8. ¿Qué hay dentro del armario?

_____

9.

LL - Y

__o __evo la __ave de la casa de Pela__o dentro de una cartera amari__a.

10.

un - una

_____ brazo
_____ suéter
_____ chaqueta

_____ calcetín
_____ boca
_____ nariz

Puntuación ☐

8 La fiesta de cumpleaños

(Ring... Ring...)

La abuela.— Dígame.
Paco.— ¡Hola, abuela! ¡Muchas felicidades!
La abuela.— Gracias, Paco. ¡Qué nieto tan cariñoso!
Paco.— ¿Qué estás haciendo?
La abuela.— Estoy abriendo los paquetes de los regalos.
Paco.— ¿Tienes muchos?
La abuela.— Sí; una pulsera muy bonita del tío Mario, un ramo de rosas rojas de tus padres...
Paco.— Yo tengo una sorpresa para ti.
La abuela.— ¿Qué es?
Paco.— No te lo digo. Es para después de **comer**.

Pilar.— ¿Qué hora es?
Ramón.— Son las once.
Pilar.— ¡Qué tarde!, a las doce y media tenemos que estar en el restaurante.
Ramón.— ¿Qué vestido te vas a poner?
Pilar.— El verde nuevo.
Ramón.— Muy bien, ése me gusta mucho.

La prima.— ¡Feliz cumpleaños, abuela!
La abuela.— Muchas gracias.

El primo.— ¿Qué hay en ese paquete?
Paco.— Chist..., es una sorpresa para la abuela.
Pilar.— ¿Dónde está el tío Mario?
El abuelo.— Está trabajando, los médicos tienen un horario muy malo.

Ramón.— ¡Camarero!, una botella de agua, por favor.

1

1. Paco llama a la abuela...
   a) por la mañana.
   b) por la tarde.
   c) por la noche.

2. La abuela está...
   a) comiendo una tarta.
   b) cantando una canción.
   c) abriendo los paquetes.

3. Los padres de Paco tienen que estar a las 12,30...
   a) en el cine.
   b) en el restaurante.
   c) en la piscina.

4. El horario de los médicos es...
   a) muy bueno.
   b) muy malo.
   c) regular.

2

1. ¿Qué vestido se pone la madre de Paco?
   a) ☐   b) ☐   c) ☐

2. ¿Qué regalan los padres de Paco a la abuela?
   a) ☐   b) ☐   c) ☐

3. ¿Para cuándo es la sorpresa de Paco?
   a) ☐   b) ☐   c) ☐

4. ¿Qué es el tío Mario?
   a) ☐   b) ☐   c) ☐

3

PACO CARREIRA RUIZ

¡Hola! Yo soy Paco Carreira Ruiz.
Mi padre se llama Ramón Carreira López.
Mi madre se llama Pilar Ruiz Álvarez.
En España tenemos dos apellidos.

- ¿Cuál es tu nombre?
○ ....
- ¿Cuáles son tus apellidos?
○ ....
- ¿Cómo se llama tu padre?
○ ....
- ¿Cómo se llama tu madre?
○ ....

4

- ¿Qué hora es?
- ○ Son las siete menos cuarto.
- ¡Qué tarde! A las siete y media tenemos que estar en el cine.
- ○ ¡Date prisa!

Tú y tu compañero/a.

- ¿Qué hora es?
- ○ Es/son ....
- ¡Qué tarde! A las ....
  .... tenemos que estar ....

en: — el parque
— el campo de deportes
— el colegio
— el restaurante
— la clase
— la fiesta
— casa

5

1. Paco está...
   a) escribiendo una carta.
   b) hablando por teléfono.
   c) haciendo los deberes.

2. La abuela está...
   a) preparando la cena.
   b) escuchando música.
   c) abriendo paquetes.

3. Ellos están...
   a) jugando al tenis.
   b) cantando una canción.
   c) lavándose los dientes.

4. Nosotros estamos...
   a) corriendo por el parque.
   b) nadando en el río.
   c) estudiando español.

6

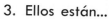

LA FIESTA DE CUMPLEAÑOS DE BÁRBARA

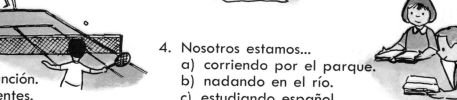

7

El señor Pérez es el padre de un amigo de Paco. Es cartero. Es un hombre joven, alto y delgado. Ahora está delante de una casa vieja. Mira el reloj. Tiene que estar en casa de doña María, la abuela de Paco, antes de las 2 de la tarde.

- ¿Quién es el Sr. Pérez?
  ○ _____
- ¿Qué es?
  ○ _____
- ¿Cómo es?
  ○ _____
- ¿Dónde está ahora?
  ○ _____
- ¿Cuándo tiene que estar en casa de doña María?
  ○ _____

8

1. La librería está...   • ... a la izquierda del salón.
2. El televisor está...   • ... debajo de la mesa.
3. Los regalos están...   • ... dentro de los paquetes.
4. El gato está...   • ... delante de la mesa.
5. El ramo de flores está...   • ... a la derecha del sofá.
6. Las sillas están...   • ... encima de la mesa.

9

¿Cómo es...?

Éste es Emilio Butragueño.
Es futbolista.
Es _____,
tiene el pelo _____
y _____.
Está _____
Es _____

Emilio
Butragueño

Amaya
Llanes

Ésta es Amaya Llanes.
Es policía de tráfico.
Es _____, tiene el pelo
_____ y _____.
Tiene los ojos _____
Es _____

10

LA FAMILIA DE PACO

  el abuelo

_____   _____   _____

_____   Paco

11

a los nietos
b el hijo
c el sobrino

Los padres y... □

Los tíos y... □

Los abuelos y... □

12

el periodista

el tenista

la estudiante

el mecánico

el fotógrafo

la secretaria

el ingeniero

el conductor

13

¿Qué hace el/la...?

1. El médico... •
2. El camarero... •
3. La profesora... •
4. La policía... •
5. El cartero... •

• ... enseña a los alumnos.
• ... reparte las cartas.
• ... cura a los enfermos.
• ... sirve a los clientes.
• ... dirige el tráfico.

14

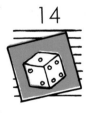

CRUCIGRAMA

secretaria

tenista

periodista

fotógrafo

mecánico

médico

profesora

policía

cartero

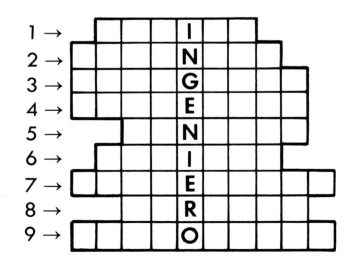

1 →
2 →
3 →
4 →
5 →
6 →
7 →
8 →
9 →

I N G E N I E R O

9 ¡Qué frío hace!

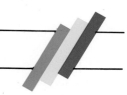

ABRIL
14
L M M J V S D
1 2 3
4 5 6 7 8 9 10
11 12 13 14 15 16 17
18 19 20 21
25 26 27 28
Santos Valeriano...
Semana 15

JULIO
5
L M M J V S D
1 2 3
4 5 6 7 8 9 10
11 12 13 14 15 16 17
18 19 20 21 22 23 24
25 26 27 28 29 30 31
San Miguel de los Santos y Sta. Filo...
Semana 27
MARTE

MAYO
L M M
2 3
29 16 2
30 31
22

AGOSTO
15
L M M J V S D
1 2 3 4 5 6 7
8 9 10 11 12 13 14
15 16 17 18 19 20 21
22 23 24 25 26 27 28
29 30 31
...unción de Ntra. Sra. San Napoleón, mártir
...mana 33   228-138
LUNES

NOVIEMBRE
25
L M M J V S D
1 2 3 4 5 6
7 8 9 10 11 12 13
14 15 16 17 18 19 20
21 22 23 24 25 26 27
28 29 30
Stos. Gonzalo, ob., García, ab. y Sta. Catalina
Semana 47
VIERNES   330-36

Luis.— (Brrr...) ¡Qué fría está el agua!

Humberto.— Entonces hoy, yo no me ducho.

Daniel.— No tengas miedo, que no está tan fría. Está caliente. Dame el jabón.

Luis.— Y a mí la toalla. ¡Rápido, por favor!

Humberto.— ¿Quién me presta la pasta de dientes?

Luis.— Yo no tengo.

Daniel.— En mi bolsa de aseo está la mía.

Paco.— ¡Qué negro se está poniendo el cielo! Nos vamos a mojar.

Isabel.— Ya está lloviendo. Y, ¡qué gotas caen!

Monitora.— Esto son bromas de la primavera.

Gonzalo.— (Brrr...) ¡Qué frío hace! ¿Nos metemos en aquella cabaña?

Guillermo.— Sí, sí, que tengo mucho frío.

Guillermo.— ¡Hum...! ¡Qué gusto ahora, con el calorcito del fuego!

Isabel.— ¡Qué tiempo! Esta mañana calor, después viento, y ahora esta tormenta.

Monitora.— Estamos en abril, ya vendrá el verano.

Ana.— Sí, en agosto no lloverá.

Paco.— ¿Tocamos la guitarra y cantamos?

Gonzalo.— Estupendo, así el tiempo pasará más rápido.

ESCUCHAMOS Y HABLAMOS

1

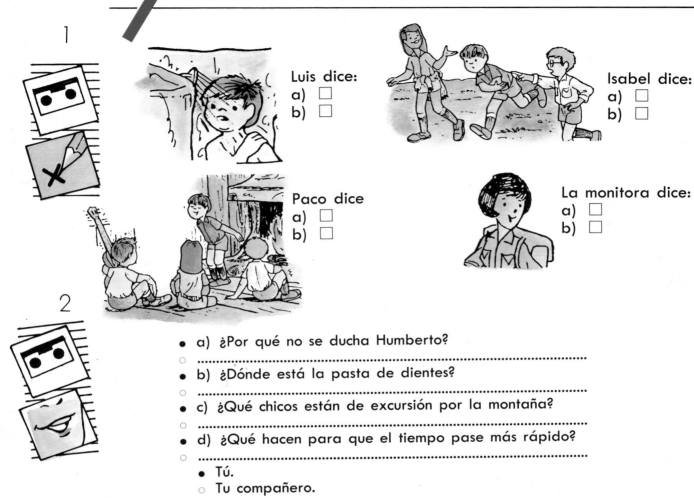

Luis dice:
a) ☐
b) ☐

Isabel dice:
a) ☐
b) ☐

Paco dice
a) ☐
b) ☐

La monitora dice:
a) ☐
b) ☐

2

- a) ¿Por qué no se ducha Humberto?
○ ....
- b) ¿Dónde está la pasta de dientes?
○ ....
- c) ¿Qué chicos están de excursión por la montaña?
○ ....
- d) ¿Qué hacen para que el tiempo pase más rápido?
○ ....
  - Tú.
  ○ Tu compañero.

3

Que llueva

Que llueva, que llueva,
la Virgen de la cueva;
los pajaritos cantan,
las nubes se levantan.
Que sí, que no,
que llueva chaparrón,
rón, rón, rón, rón, rón.

4

En verano hace calor.
Me pongo...

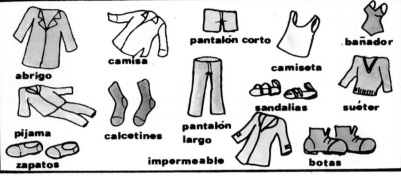

abrigo

camisa

pantalón corto

bañador

camiseta

pijama

calcetines

pantalón largo

sandalias

suéter

zapatos

impermeable

botas

En invierno hace frío.
Me pongo...

5

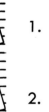

EL CALENDARIO

1. Comienza el año en enero,
   febrerito es chiquitín,
   marzo, el ventoso, le sigue;
   ya no hace frío en abril.
2. En mayo todo florece,
   junio es amigo del sol,
   en julio cortan las mieses,
   agosto, ¡cuánto calor!

3. Septiembre, lleno de frutas
   en octubre, siembran ya,
   nieva en los altos,
   noviembre,
   diciembre, el año se va.
   Concepción Sáinz-Amor.

- ¿Cuándo comienza el año?
- ....
- ¿Cuándo termina?
- ....
- ¿Hace frío en abril?
- ....
- ¿De quién es amigo junio?
- ....

6

¿Qué hace Óscar por la mañana?

Todos los días, por la mañana me _____ con agua _____ y luego me seco con la _____.
Antes de desayunar, me lavo las manos con _____.
Después del desayuno, me lavo los _____ con el _____ y la _____.

7

- ¿Cuándo se ducha Óscar?
○ _____

- ¿Con qué se seca?
○ _____

- ¿Cuándo se lava Óscar los dientes?
○ _____

- Y tú, ¿cuándo te duchas?
○ _____

- ¿Cuándo te lavas los dientes?
○ _____

8

a) se todos Óscar
los ducha días

b) lavo los del
desayuno Yo me
dientes después

a) _____

b) _____

Las estaciones del año

La primavera

El verano

El otoño

El invierno

En primavera hay muchas flores, pájaros, y mariposas... Es muy bonito salir al campo.

En verano hace calor. El cielo está siempre azul. Me gusta porque puedo ir a la playa.

En otoño, las hojas de los árboles se caen. Me gusta ver los parques llenos de hojas.

En invierno hace frío, llueve, nieva... Es muy divertido jugar con la nieve y esquiar.

10

¿Qué te gusta hacer en cada estación?

En primavera me gusta _____

_____

En verano _____

_____

En otoño _____

En invierno juego _____

_____.

11

REFRANES

Las mañanitas
de abril son muy
dulces de dormir.

En abril, aguas
mil.

Marzo, ventoso,
abril, lluvioso,
sacan a mayo
florido y hermoso.

12

¡Qué frío!

Llueve

Hace calor

¡Qué tiempo!

1989

| L M M J V S D | L M M J V S D | L M M J V S D |
| ENERO | FEBRERO | MARZO |

¡Qué viento!

¡Qué calor!

Hace frío

Nieva

13

Estos son el primero y el último mes del año. Escribe los meses que faltan.

ENERO

DICIEMBRE

14

nieve, frío, llueve, calor, verano, otoño, invierno, primavera.

Me gusta el _____ porque hace _____

En _____ _____ y hace _____,

pero me gusta la _____. En _____, el

color de las hojas es muy bonito. En _____ los

campos están llenos de flores.

15

g + (a, o, u)

gu + (e, i)

g + a → ga

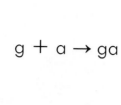

gafas

g + o → go

goma

g + u → gu

guante

gu + e → gue

juguete

gu + i → gui

guitarra

16

a) Me ___ustan las ___afas y los ___uantes de ___onzalo.
b) _____illermo tiene una _____itarra de ju_____ete.

17

Mi_____el tiene un ___ato que jue___a con la pelota de ___oma.
Mi ami___o es futbolista y mete muchos ___oles.
La señora ___arcía me re___ala una _____itarra.

18

¿Tienes frío?

No, tengo calor

¡Qué viento hace! ¡Qué frío tengo! ¿Vosotros no tenéis frío?

Sí, mucho

¡Qué calor hace!

¡Qué calor tenemos?

Hace... frío/calor/viento/buen tiempo/mal tiempo.
Tengo... frío/calor.

Llueve, nieva

19

Esta noche me **ducharé** para dormir bien.

duchar → ducharé

Este verano **haremos** mucho deporte.

hacer → haremos

DICIEMBRE
1
LUNES

El próximo domingo mi equipo **jugará** un partido importante.

jugar → jugará

Mañana mis amigos **irán** a esquiar

ir → irán

20

MAÑANA			LA PRÓXIMA SEMANA	
nevar •	• estudiaremos	escribir •		• comeré
dormir •	• haré	ver •		• leerán
estudiar •	• irás	jugar •		• lloverá
estar •	• dormirán	comer •		• escribirás
ir •	• nevará	llover •		• veremos
hacer •	• estaréis	leer •		• jugaréis

21

MARZO VENTOSO

a) Hace mucho sol. ☐
Hace mucho frío. ☐
Hace viento y llueve. ☐

b) Los chicos no tienen
paraguas. ☐
El viento rompe el
paraguas. ☐
El paraguas choca
con el árbol. ☐

EVALUACIÓN

1.

a) ¿Qué hace Humberto?
— Se ducha. ☐
— Come. ☐
— Se lava los
  dientes. ☐

b) ¿Qué tiempo hace?
— Está lloviendo. ☐
— Hace sol. ☐
— Nieva. ☐

2.

1989

L M M J V S D	L M M J V S D	L M M J V S D
ENERO	①	MARZO
1	1 2 3 4 5	1 2 3 4 5
2 3 4 5 6 7 8	6 7 8 9 10 11 12	6 7 8 9 10 11 12
9 10 11 12 13 14 15	13 14 15 16 17 18 19	13 14 15 16 17 18 19
16 17 18 19 20 21 22	20 21 22 23 24 25 26	20 21 22 23 24 25 26
23 24 25 26 27 28 29	27 28	27 28 29 30 31
30 31		
ABRIL	MAYO	JUNIO
1 2	1 2 3 4 5 6 7	1 2 3 4
3 4 5 6 7 8 9	8 9 10 11 12 13 14	5 6 7 8 9 10 11
10 11 12 13 14 15 16	15 16 17 18 19 20 21	12 13 14 15 16 17 18
17 18 19 20 21 22 23	22 23 24 25 26 27 28	19 20 21 22 23 24 25
24 25 26 27 28 29 30	29 30 31	26 27 28 29 30
②	AGOSTO	③
1 2	1 2 3 4 5 6	1 2 3
3 4 5 6 7 8 9	1 2 3 4 5 6	1 2 3
10 11 12 13 14 15 16	7 8 9 10 11 12 13	4 5 6 7 8 9 10
17 18 19 20 21 22 23	14 15 16 17 18 19 20	11 12 13 14 15 16 17
24 25 26 27 28 29 30	21 22 23 24 25 26 27	18 19 20 21 22 23 24
31	28 29 30 31	25 26 27 28 29 30
OCTUBRE	④	DICIEMBRE
1	1 2 3 4 5	1 2 3
2 3 4 5 6 7 8	6 7 8 9 10 11 12	4 5 6 7 8 9 10
9 10 11 12 13 14 15	13 14 15 16 17 18 19	11 12 13 14 15 16 17
16 17 18 19 20 21 22	20 21 22 23 24 25 26	18 19 20 21 22 23 24
23 24 25 26 27 28 29	27 28 29 30	25 26 27 28 29 30 31
30 31		

Escribe los meses que faltan en el calendario.

1 _____
2 _____
3 _____
4 _____

3. LAS ESTACIONES DEL AÑO

a) En _____ hace sol y mucho calor.
b) En _____ hay muchas flores en el campo.
c) En _____ voy a esquiar.
d) En _____ se caen las hojas de los árboles.

4. Escribe lo que dicen estos chicos:

¡Qué _____
_____!
Tengo _____

¡Qué _____
_____!
Tengo _____
_____!

5. En invierno. Mi__ __el se pone los __uantes para ju__ar
con la nieve.
Este verano __onzalo y __ __illermina aprenderán a
tocar la __ __itarra.
El señor __ómez compra un __ato para su hijo.

Puntuación ☐

102   ciento dos

¡Qué hambre tengo!

Sergio.— ¿Qué compro yo?

Juanita.— Cuatro botellas de leche y...

Sergio.— ¡Ah¡ También necesitamos azúcar, huevos y pan.

Juanita.— Yo compraré algunas chuletas más. Hoy vienen a comer los amigos de Humberto.

Sergio.— Y yo iré por la fruta.

Juanita.— Vamos a darnos prisa, que tenemos poco tiempo.

Humberto.— ¡Qué hambre tenemos! ¿Qué hay para comer?
Juanita.— Carne asada con ensalada.
Sergio.— ¿Os gusta la comida argentina?
Daniel.— Sólo conozco el dulce de leche.
Juanita.— Pues hoy lo tenemos de postre.
Humberto.— ¡Qué rico! ¡Me gusta mucho!
Óscar.— ¿Puedo beber un poco de agua? Tengo sed.

Sergio.— ¿Podéis poner la mesa? La comida estará enseguida.
Óscar.— Yo pongo los platos y los cubiertos.
Humberto.— Y yo los vasos y la jarra de agua.
Sergio.— Faltan las servilletas.
Daniel.— Ya las pongo yo.
Juanita.— Sergio, saca las patatas del horno. La carne ya está asada.

1

1. Sergio compra...
   a) ☐   b) ☐   c) ☐

2. Juanita compra...
   a) ☐   b) ☐   c) ☐

3. En el supermercado hay...
   a) ☐   b) ☐   c) ☐

2

1. ● ¿Quiénes vienen a comer a casa de Humberto?
   ○ ....
2. ● ¿Qué hay para comer?
   ○ ....
3. ● ¿Qué hay de postre?
   ○ ....

3

● ¿Qué hacen?
○ ....

● ¿Qué hay encima de la mesa?
○ ....

● ¿Qué lleva el padre de Humberto?
○ ....

4

a)  SÍ NO

b) SÍ NO

c) SÍ NO

d) SÍ NO

5

- ¿Qué haces cuando tienes sed?
- Cuando tengo sed bebo...

- ¿Qué haces cuando tienes hambre?
- Cuando tengo hambre como...

- ....
- ....

¿Qué es esto?

6

a

b

c

d

e

f

7

Los cubiertos

la cuchara   el cuchillo

el tenedor

Óscar pone encima de la mesa los _____.

Después pone los cubiertos: la _____,

el _____ a la derecha del _____ y

el _____ a la izquierda. Delante del plato

pone el _____. También pone una _____,

una _____ con agua y una _____

de leche.

8

TENGO, TENGO, TENGO

Tengo, tengo, tengo,
tú no tienes nada.
Tengo tres ovejas
en una cabaña.

Una me da leche,
otra me da lana,
y otra mantequilla
para la semana.

SOPA DE LETRAS

A	S	D	O	J	B	G	I	T	H
I	B	R	H	U	E	V	O	S	Ñ
K	P	D	F	G	I	H	P	G	A
U	V	L	M	O	F	Ñ	P	W	R
E	M	A	N	Z	A	N	A	O	A
O	N	G	L	A	Ñ	O	N	D	N
M	R	U	C	T	O	C	K	E	J
Z	B	A	S	L	E	C	H	E	A
V	A	R	O	T	J	U	G	O	O
E	M	I	S	Y	A	M	E	S	X

1. Julio come una _____ de postre.
2. Por la mañana bebo zumo de _____.
3. A Arturo le gustan mucho los _____ fritos.
4. La jarra está llena de _____.
5. Ana toma para merendar _____ con chocolate.
6. La _____ es muy buena para los niños.

- ¿Te gusta...?
- ○ Sí, me gusta.
- ○ No, no me gusta.

- ¿No te gustan...?
- ○ Sí, me gustan.
- ○ No, no me gustan.

- ¿ _____ ?
- ○ No, no me gusta la paella.
- ¿ _____ ?
- ○ Sí, me gusta mucho la carne asada.

- ¿ _____ ?
- ○ Sí, me gustan las salchichas.
- ¿ _____ ?
- ○ No, no me gustan las patatas fritas.

PALABRAS NUEVAS

Comemos y bebemos

11

El desayuno

La comida

La merienda

La cena

Frutas

Bebidas

Dulces

12

1. ● ¿Qué quieres tú para desayunar?
   ○ Quiero ....
2. ● ¿Qué quieres para comer?
   ○ ....
3. ● ¿Qué te gusta merendar?
   ○ ....
4. ● ¿Qué bebes en la cena?
   ○ ....

ja, je, ji, jo, ju

el pá**j**aro

el **j**efe

la ore**j**a

el **j**amón

la naran**j**a

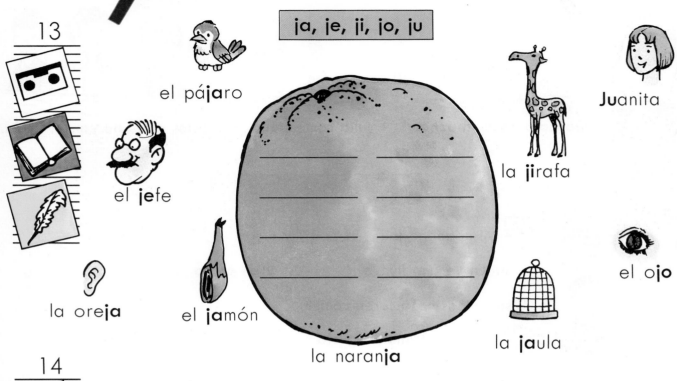

la **j**irafa

Juanita

el o**j**o

la **j**aula

ge, gi

13

14

En el cole**gi**o hacemos **gi**mnasia.

Germán es in**ge**niero.

Mi amigo Ser**gi**o es de Ar**ge**ntina.

15

Ser___io tiene un pá___aro metido en una ___aula.
___uanita come ___amón y naran___as.
En la clase de ___eografía aprendo donde está Ar___en-
tina.

APRENDE

16

Gonzalo come **mucho.**   Julia come **poco.**   Estos niños **no** comen **nada.**

17

mucho - poco - nada

Mi hermano lee _____ y juega _____.

En verano llueve _____ y en otoño _____.

Estos niños no quieren comer _____.

A mi prima le gusta _____ nadar y a mí no me gusta _____.

18

FREÍR

Yo **freiré** el pescado.

COCER

Yo quiero para cenar, un huevo **cocido.**

CALENTAR

¿Está ya la sopa?

Se está **calentando.**

ENFRIAR

Voy a poner a **enfriar** las bebidas.

ASAR

Este horno nuevo **asa** muy bien la carne.

LA CENA DE LUIS

Mamá, vete al cine. Hoy hago yo la cena.

Pero, si tú no sabes.

¿Cómo que no? ¡Ya verás!

Bueno, de acuerdo, pero ten mucho cuidado.

¡Por fin una cena que me gusta!

¡Qué película tan bonita!

Pero, ¿qué es esto?

¿No te gustan los dulces?

1. La madre de Luis va: al parque ☐
   al cine ☐
   a la piscina ☐

2. ¿Qué pone Luis en la mesa?: fruta ☐
   pescado ☐
   dulces ☐

EVALUACIÓN

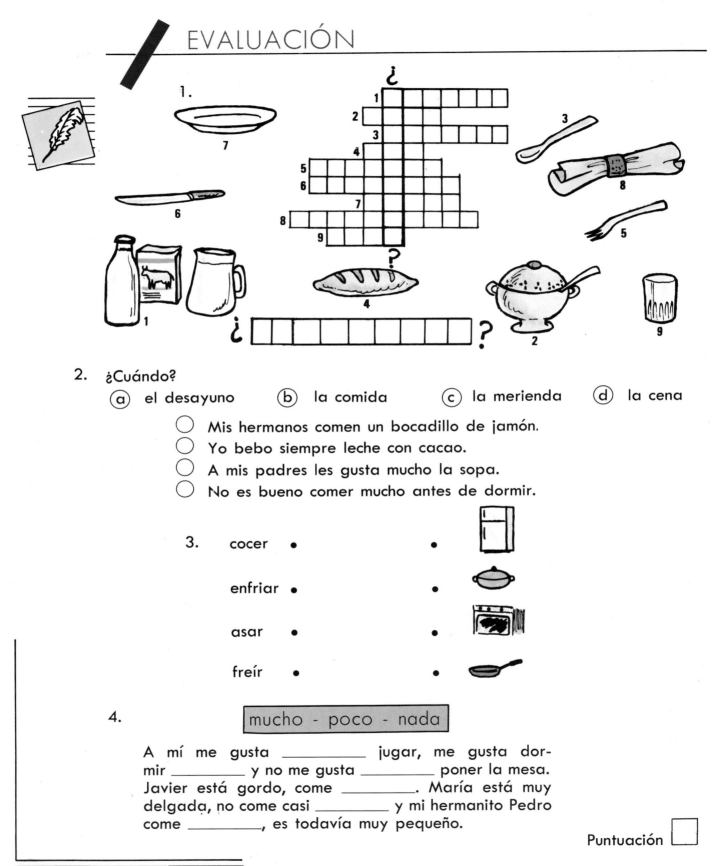

1.

2. ¿Cuándo?

   (a) el desayuno   (b) la comida   (c) la merienda   (d) la cena

   ○ Mis hermanos comen un bocadillo de jamón.
   ○ Yo bebo siempre leche con cacao.
   ○ A mis padres les gusta mucho la sopa.
   ○ No es bueno comer mucho antes de dormir.

3. cocer •

   enfriar •

   asar •

   freír •

4.   mucho - poco - nada

   A mí me gusta _____ jugar, me gusta dormir _____ y no me gusta _____ poner la mesa. Javier está gordo, come _____. María está muy delgada, no come casi _____ y mi hermanito Pedro come _____, es todavía muy pequeño.

   Puntuación ☐

 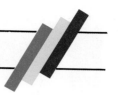

¿Adónde va la gallina Castaña?

Monitor.— Esta es la oveja «Dora».
Ha nacido en esta granja.
Siempre ha dado mucha lana y buena leche.
Ha tenido muchos corderitos.
Ahora, ya es un poco vieja;
pero la queremos mucho.

Ana.— ¿De dónde vienen esos niños montados a caballo?

Monitor.— De dar un paseo por el campo.

Silvia.— ¡Qué suerte! ¿Y cuándo vamos nosotros?

Monitor.— Mañana, por la tarde.

Daniel.— ¡Qué bien! Y ellos cuidarán los cerdos.

Luis.— ¿Adónde va la gallina Castaña? Óscar, ¡cógela!, que se escapa del corral.

Íñigo.— No, déjala. Va hacia el gallinero.

Isabel.— Irá a poner un huevo.

Verónica.— Mira, aquí viene un pollo.

Samuel.— (Ja, ja, ja). No es un pollo, es el gallo.

ESCUCHAMOS Y HABLAMOS

1

- ¿Cómo se llama la oveja?
- ○ ....
- ¿Dónde ha nacido?
- ○ ....
- ¿Qué les da?
- ○ ....
- ¿Qué ha tenido?
- ○ ....
- ¿Cómo es ahora la oveja?
- ○ ....

2

1. La gallina «Castaña» va hacia...
   a) ☐ la cocina
   b) ☐ el corral
   c) ☐ el gallinero.
2. La gallina va a...
   a) ☐ beber agua
   b) ☐ poner un huevo
   c) ☐ comer maíz.
3. Hacia los chicos viene...
   a) ☐ un pato
   b) ☐ un pollo
   c) ☐ un gallo.
4. El gallo y la gallina tienen...
   a) ☐ corderitos
   b) ☐ pollitos
   c) ☐ patitos.

3

Para echar a suertes.

Tengo un gallo en la cocina,
que me dice la mentira.
Tengo un gallo en el corral,
que me dice la verdad.

4

5

¿Has visitado tú una granja?
Cuenta a tu compañero:
— qué animales has visto;
— qué dan esos animales;
— qué se hace con la leche/la lana/la carne.

6

Poesía: La gallinita

La gallinita,
en el gallinero,
dice a su amiga:
«Ya viene enero».

«Aquí te espero,
poniendo un huevo.»
Me dio la tos
y puse dos.

Gallina castaña
llorará luego;
ahora canta:
«¡Aquí te espero!...»

Pensé en mi ama,
¡qué pobre es!
Me dio penita,
¡y puse tres!

[Gloria Fuertes - Adaptación].

7

Ir a / hacia ← → Venir de

— **¿Adónde va** la gallina Castaña?
— **Va al** gallinero / **Va hacia** el gallinero.

— **¿De dónde vienen** esos niños?
— **Vienen de** dar un paseo.

— ¿Adónde va este tren?
— _____ / _____
— ¿De dónde viene el señor Mendoza?
— _____ / _____

8

a la izquierda   de frente   a la derecha

Mi tío va a dar de comer y de beber a los animales.
Para dar agua a los corderos tiene que ir _____
_____.
Las gallinas están _____ _____ _____ y los
caballos _____ _____ _____.
A la derecha están también _____ _____ y a
la izquierda _____ _____ _____.
¿Qué otros animales hay de frente? _____
_____.

9

Completa con estas palabras: viaje, granja, perro, casa, pronto, bonitos, abuelos, gallinas, vacas, paseo.

Hoy hemos ido a ver a los _____.
Nos hemos levantado temprano y hemos salido muy _____.

Durante el _____, hemos ido cantando y hemos visto unos pueblos muy _____.

Al llegar a la _____, los abuelos han salido a saludarnos.

Begoña ha jugado con Tor, el _____ .
Yo he ayudado a la abuela a echar maíz a las _____.

Después, todos hemos dado un _____ por el campo.
Hemos visto muchas _____ comiendo hierba en el prado.

Hemos cenado tortilla de patatas y ensalada.
A las 10 hemos vuelto a _____.
Ahora me voy a la cama. ¡Ha sido un día estupendo!

10

LOS ANIMALES DE LA GRANJA

la granja — el granjero — la gallina — el caballo — el huerto — el burro — el pato — el conejo — el gallo — la vaca — la oveja — el cordero — la cabra — el cerdo

11

a) Los pollos nacen de un huevo.
   Esta mañana dos pollitos han _____.

nacer → nacido

b) Los pollos crecen rápidamente.
   Estos pollos ya han _____.

crecer → crecido

c) Los conejos comen hierba.
   Ese conejo todavía no ha _____.

comer → comido

d) Ahora, el burro va a beber.
   Cuando ya ha _____,
   se marcha al huerto.

beber → bebido

12

comer •	• tenido	pasear •	• cuidado	vivir •	• salido
tener •	• comido	cuidar •	• dado	salir •	• ido
beber •	• sido	dar •	• paseado	ir •	• venido
ser •	• bebido	dejar •	• dejado	venir •	• vivido

13

a) Esta niña es Begoña.

b) La gallina «Castaña» es de color marrón.

c) Este cerdito no quiere bañarse.

d) La granja-escuela se llama «Las Peñas».

14

Completa con estas palabras:

Al _____ Mendoza le gusta comer _____ de postre.

piña

Begoña llena la _____ de agua caliente, va a tomar un _____.

castañas

A los _____ les gustan las _____ y los _____.

piñones

15

REFRÁN:

Año de nieves, año de bienes.

APRENDE

16

- **¿Dónde** está Tor?

AHÍ

ALLÍ

AQUÍ

○ Tor está **aquí**,
peleándose con el gato.

○ Tor está **ahí**,
guardando las avejas.

○ Tor está **allí**
corriendo detrás
de un conejo.

ARRIBA

ABAJO

El perro está **arriba**
y el gato está **abajo**.

17

¿Cuándo? → ANTES - AHORA - DESPUÉS

Un día de abril

antes

ahora

después

Antes, por la mañana, ha hecho sol.

_____, está lloviendo.

Y _____, por la noche, habrá luna y
estrellas en el cielo.

- ¿Cuándo has llamado por teléfono?

○ He llamado *antes.*

○ *Ahora* estoy llamando.

○ Todavía no he llamado, *después* llamaré.

18

¿Cuándo? → AYER - HOY - MAÑANA

AYER	22-abril
HOY	23-abril
MAÑANA	24-abril

- ¿Cuándo has visto a tu amigo/a?
○ *Ayer.*
○ *Hoy,* por la mañana.
○ Lo/a veré *mañana,* por la tarde.
Ahora tú y tu compañero.

LOS TRES CERDITOS

19

Tres cerditos: Cochinón, Cerdete y Marranito deciden hacerse una casa cada uno.

Cochinón se la ha hecho de paja. Viene el lobo y dice:
—Cerdito, déjame entrar.
—No, no, que me comerás.
—Entonces, soplaré y soplaré y se volará.

Cerdete se ha hecho su casa de madera. Pero el lobo ha venido y su casa ha perdido.

Marranito, el menor, se ha hecho una casa de ladrillos.
Otra vez el lobo ha llegado y muy fuerte ha soplado, pero la casa no ha tirado.

El lobo muy enfadado, por la chimenea ha entrado; pero con tan mala suerte que en el fuego ha terminado.

Los tres cerditos han decidido vivir siempre juntos y no separarse jamás, y desde entonces muy felices están.

¿Cómo se llaman los tres cerditos?

_____ _____ _____

¿De qué se han hecho sus casitas?

_____ _____ _____

EVALUACIÓN

1.

Este tren por las mañanas _____ Segovia
Por las tardes _____ Segovia a Madrid.
Por la mañana, Daniel y Luis _____ la escuela.
Por la tarde, Daniel y Luis _____ la escuela.

CINE CERVANTES

2.

El señor Mendoza va al cine.
Primero tiene que ir _____ hasta
la segunda calle.
Después irá _____
Por último, unos 20 metros _____
encontrará el cine Cervantes.

3.

La _____, la _____ y la _____ nos dan   leche.

Con la _____ hacemos queso y _____   MANTEQUILLA

4.

A las siete, Begoña se baña.
A las ocho, ya se ha _____.
A las doce, come
A la una, ya ha _____.

A las tres y media, sale del colegio.
A las cuatro ya ha _____ del colegio.
A las ocho, se va a la cama.
A las nueve, ya se ha _____ a la cama.

5.

Ahí, allí,
Hoy, ahora

● Samuel, ¿dónde estás?
○ Estoy aquí, en mi cama.
● _____ no haces nada, baja a desayunar.
○ _____ mismo voy, mamá.
○ _____ iremos a la granja, _____ hay unos huevos muy frescos.

Puntuación

¡Vivan las vacaciones!

Julio.— ¡Un, dos, tres...! ¡Vamos niños!
Ana.— Julio, tengo sed, ¿puedo ir a beber agua?
Julio.— Bueno, puedes ir.
Jaime.— ¡Mira! Se va y ya no hace más gimnasia.
Julio.— ¡Un, dos, tres...!
Gonzalo.— ¡Tengo hambre!, puedo...
Julio.— Ya terminamos. ¡Vamos a bañarnos!
Jaime.— ¡Vivan las vacaciones!

Ana.— ¡Qué calor!
Sergio.— ¡Vamos al agua!
Jaime.— ¡Tonto, el último!
Mónica.— Isabel, ¿vienes a nadar?
Isabel.— No, hay muchas olas y nado muy mal.
Mónica.— No tengas miedo, yo te enseño.

Niño.— ¡Buaa, buaa...! Me han deshecho el casti-llo.
Madre.— ¡Calla, no llores! Ahora te compraré un helado y después harás otro castillo.

Daniel.— ¿De dónde ha salido esa vaca?
Luis.— Será de esa granja.
Alberto.— Yo la conozco. Todos los sábados sale de paseo.
Luis.— ¿Qué hacemos ahora?
Alicia.— Dale un poco de hierba a ver si se mueve.
Luis.— ¡Qué graciosa!, dásela tú, a mí me da miedo.

1

1) Ana tiene:
   a) ☐
   b) ☐
   c) ☐

2) Julio dice:
   a) ☐
   b) ☐
   c) ☐

3) Isabel nada:
   a) ☐
   b) ☐
   c) ☐

4) La vaca está:
   a) ☐
   b) ☐
   c) ☐

2

● ¿Quién no hace más gimnasia?
○ ....

● ¿Qué dice Gonzalo para marcharse?
○ ....

● ¿Por qué llora el niño?
○ ....

● ¿Qué hace la vaca todos los sábados?
○ ....

3

a   b

● ¿Hace frío/calor?
● ¿Qué estación del año es?
● ¿Qué hacen los niños?

  ● Tú.
  ○ Tu compañero.

4

Es la hora de la comida.
¿Qué pueden comer los niños?

PRIMER PLATO

la sopa   la paella   el puré   la ensalada

SEGUNDO PLATO

la tortilla   el pollo asado   el pescado
de patatas   con patatas fritas   con ensalada

POSTRE

el flan   la fruta   el helado

- ● ¿Qué vas a tomar?
- ○ Primero, sopa, por favor.
  De segundo, huevos con patatas fritas.
- ● ¿Y de postre?
- ○ Un flan. Gracias.
  - ● Tú.
  - ○ Tu compañero.

5

● ¿De dónde viene...?
● ¿Adónde va...?

● Tú.
○ Tu compañero.

6

HOY
— nado
— juego
— como
— voy de excursión

MAÑANA
— nadaré
— ....
— ....
— ....

7

LAS VACACIONES DE VERANO

Carlos y Alicia van con un grupo del colegio a estudiar inglés a Bristol (Inglaterra).

Están muy contentos porque es la primera vez que van al extranjero y tienen muchas ganas de conocer Inglaterra.

Hasta Londres van en avión, y de Londres a Bristol van en tren.

El viaje es muy bonito. A mediodía van a comer al restaurante del tren. Carlos pide un filete con patatas fritas. Alicia tiene sed y pide dos zumos, uno de tomate y otro de naranja. De postre toman helado de chocolate.

8

- ¿En qué estación del año viajan Carlos y Alicia?
○ _____

- ¿Qué van a estudiar en Inglaterra?
○ _____

- ¿Por qué están contentos?
○ _____

- ¿Cómo han ido hasta Bristol?
○ _____

- ¿Qué comen en el tren?
○ _____

9

ESTA MAÑANA	AHORA	ESTA TARDE

— Begoña ha hecho gimnasia.

— Begoña descansa.

— Begoña jugará al tenis.

— Gonzalo y Julio han nadado.

— Gonzalo y Julio

— Gonzalo y Julio _____

— Mis amigas y yo _____ muy temprano.

— _____ la Televisión.

— _____ un paseo a _____.

10

CANCIÓN

CASIMIRO

Rock

Fuera calcetines,
me pongo el pijama,
me quito la ropa,
preparo la cama.

Las hadas y los duendes
se lavan los dientes,
con mucha pastita
y agua corriente.

Pequeños infantes,
chavales pequeños,
se apagan las luces,
se encienden los sueños.

Estribillo
Ua, u, a; ua, u, a.
Ua, u, a; ua, u, a.
        (3 veces).

11

POESÍA

La escuela

En medio del prado
hay una escuela,
donde van las flores
y las abejas.

En el centro del prado
hay una escuela,
y a ella van las rosas
en primavera.

(Gloria Fuertes).

12

LAS VACACIONES
EN LA PLAYA

la roca

el barco

la gorra

el pescador

la ola

el mar

la barca

el castillo
de arena

las gafas
de sol

la sombrilla

el cubo

el pescado

la pala

el flotador

13

Begoña llega a la playa y llama a Sergio por teléfono:

B.— Hola, Sergio. Soy Begoña.
S.— Hola, Begoña. ¿Dónde estás?
B.— Estoy aquí. He llegado esta mañana.
S.— ¡Estupendo! ¿Cuándo nos vemos?
B.— Tengo muchas ganas de ir a la playa. ¿Vamos esta tarde?
S.— Pero no podemos bañarnos, hay muchas olas.
B.— Mejor. Daremos un paseo en barco.
S.— De acuerdo, a las cinco delante del restaurante Sol y Mar.
B.— Muy bien, allí estaré. Adiós.

● Tú.
○ Tu compañero.

14

El padre de Sergio se ha comprado una _____

pequeña y una _____ ; dice que es un buen

_____ . El próximo fin de semana Sergio y sus herma-

nos irán a pescar con él.

Dicen que van a coger peces con el _____ y la

_____ .

Vocabulario

S D H Z R T P E B S Q A F J

Los números indican la unidad en que cada palabra aparece por vez primera.

A

1	a	to, at
6	¿a qué hora?	(at) what time?
11	abajo	under, beneath, down
12	abeja, la	bee
6	abrazos,	"much love from..."
7	abrigo, el	coat
9	abril	April
3	abrir	to open
8	abuela, la	grandmother
5	abuelo, el	grandfather
11	acabar	to finish, to "have just"
6	acostar (se)	to put/go to bed
1	adiós	good-bye
11	¿adónde?	where... to?
9	agosto	August
5	agua, el	water
1	¡ah!	ah, oh!
11	ahí	there
1	ahora	now
5	aire, el	air
2	al (a + el)	to the, at the
3	algo	something, anything
10	alguno	some, any
7	allí	there
6	almorzar	to have lunch
10	almuerzo, el	lunch
5	alrededor	round about, around
5	alto	tall, high
3	alumno, el	pupil, student
11	ama, el	owner, "boss", housewife
3	amarillo	yellow
1	amigo, el	friend
7	ancho	broad, wide
9	andar	to walk, go
3	animal, el	animal
9	anterior	previous, earlier
6	antes	before (adv.)
8	antes de	before (prep.)
5	antipático	unpleasant (person)
12	apagar (se)	to put/go out (of a light, etc.)
5	apellido, el	surname, family name
1	aprender	to learn
3	aquel/lo/la	that (one)
6	aquí	here
7	árabe, el	Arab, Arabic
1	árbol, el	tree
3	ardilla, la	squirrel
12	arena, la	sand
10	argentino/a	Argentinian

6	armario, el	cupboard
7	arriba	up, upwards
10	arroz, el	rice
10	asado	roast (ed)
10	asar	to roast
9	asear	to wash
1	así	like this/that, in this way
7	asustar	to frighten
5	atar	to tie
4	atención, la	attention
4	avenida, la	avenue
3	avión, el	plane
2	¡ay!	oh (dear)!
11	ayer	yesterday
11	ayudar	to help
7	azul	blue
2	año, el	year

B

5	¡bah!	oh, (rubbish)!
4	bailar	to dance
7	bailarina, la	dancer
11	bajar	to get down, put down, lower
11	bajar (del autobús)	to get off the bus
2	bajo	low, short
2	balón, el	ball
2	baloncesto, el	basketball
1	banco, el	bank, bench
5	barba, la	beard
12	barca, la	small (fishing) boat
12	barco, el	ship, boat
4	barril, el	barrel
4	barrio, el	part of town, quarter, district
9	bañador, el	swimsuit
11	bañar (se)	to (have a) bath/swim
6	bañera, la	bath, bath-tub
11	baño, el	bath, bathroom
10	beber	to drink
4	beso, el	kiss
3	biblioteca, la	library
1	bicicleta, la	bicycle
1	bien	well, good, right
11	bienes, los	goods, posessions
5	bigote, el	moustache
7	blanco	white
7	blusa, la	blouse
7	boca, la	mouth
10	bocadillo, el	sandwich
3	bolígrafo, el	pen, ball point
9	bolsa de aseo	toilet bag
3	bonito	pretty, nice

3	borrar	to rub out, erase
5	bosque, el	wood
7	bota, la	boot
8	botella, la	bottle
7	brazo, el	arm
1	broma, la	joke
12	buen (o)	good; well (adv.)
1	buenas noches	good evening;good night
1	buenas tardes	good afternoon/evening
1	buenos días	good morning
11	burro	donkey, ass

C

3	caballo, el	horse
9	cabaña, la	hut
7	cabeza, la	head
4	cabina, la	(telephone) booth
11	cabra, la	goat
10	cacao, el	cocoa
9	cada	each, every
9	caer (se)	to fall
3	caja, la	box
7	calcetín, el	sock
9	calendario, el	calendar
10	calentar	to heat (up), warm (up)
9	calentarse	to warm (up) (oneself)
9	caliente	hot
12	callar	to be/keep quiet
2	calle, la	street
5	calor, el	heat
5	calvo	bald
6	cama, la	bed
8	camarero, el	waiter
5	camino, el	way, road, path
7	camisa, la	shirt
9	campamento, el	camp
8	campo de deportes, el	sports ground/field
2	campo, el	country, field/course (sport)
3	canción, la	song
3	cantar	to sing
6	cara, la	face, side (of coin, etc.)
1	caramelo, el	sweet, candy
8	cariñoso	affectionate, kind
7	carnaval, el	carnival
10	carne, la	meat
4	carrusel, el	roundabout, "swings"
2	carta, la	letter
3	cartera, la	satchel, school bag
8	cartero, el	postman, mailman
4	casa, la	house, home
5	casi	almost, nearly
11	castaña, la	chestnut
5	castaño, el	auburn-haired

7	castillo, el	castle
8	caza, la	hunting, hunt
8	cena, la	dinner, supper
6	cenar	to have dinner/supper
9	cepillo, el	brush
11	cerdo, el	pig, pork
3	cereza, la	cherry
2	cero, el	nought, zero, "0"
9	chaparrón, el	shower
7	chaqueta, la	jacket, coat (Am.)
12	chaval, el	(young) boy
1	chico, el	boy, young man
11	chimenea, la	chimney, fireplace
7	china, la	China
9	chocar	to hit, run into, collide with
1	chocolate	chocolate
1	chuleta, la	chop
3	ciego, el	blind (man)
3	cielo, el	sky
3	cien, el	hundred
2	cinco, el	five
5	cincuenta, el	fifty
3	cine, el	cinema, movies
3	ciruela, la	plum
3	claro	clear, light; of course
3	clase, la	class (room)
8	cliente, el	customer
10	cocer	to cook
2	coche, el	car, automobile
10	cocido	cooked; boiled (egg)
6	cocina, la	kitchen
2	coger	to take/get; catch
2	colegio, el	school; (college)
3	color, el	colour, color
2	columpio, el	swings
9	comenzar	to begin, start
2	comer	to eat
2	cometa, la	kite
10	comida, la	meal, food
1	¿cómo te llamas?	what's your name?
1	¿cómo?	how (ver ¿cómo te llamas?)
3	compañero, el	fellow-student, colleague
11	completar	to complete, fill in
9	comprar	to buy
3	computadora, la	computer
3	con	with (to)
7	concurso, el	competition
8	conductor, el	driver
7	conejo, el	rabbit
10	conocer	to know, get to know
5	contar	to tell (a story)
5	contar	to count
12	contento	happy, satisfied
3	cordero, el	lamb
11	corral, el	corral

5	correr	to run
12	corriente	current; running (water)
2	corro, el	children playing in a ring
9	cortar	to cut
5	corto	short
4	cosa, la	thing
11	crecer	to grow (up)
3	cuaderno, el	notebook
4	¿cuál?	which/what (one)?
6	¿cuándo?	when?
8	¿cuánto?	how much?
2	¿cuántos?	how many?
5	cuarenta, el	forty
6	cuarto (de hora)	quarter (of an hour)
6	cuarto de baño, el	bathroom
8	cuarto, el	quarter; fourth; (room'
2	cuatro, el	four
10	cubierto, el	cutlery, knives & forks
12	cubo, el	bucket, cube
10	cuchara, la	spoon
10	cuchillo, el	knife
7	cuenta	bill, check
3	cuento, el	story, tale
2	cuerda, la	string, rope
9	cueva, la	cave
10	cuidado	care (take care!)
11	cuidar	to take care (of), look after
8	cumpleaños, el	birthday
8	cumplir	to (have a birthday)
8	curar	to cure

D

2	dado, el	dice
4	dar	to give
8	dar (se) prisa	to be in a hurry, hurry up
1	de	of, from
5	de acuerdo	all right, agreed, O.K.
12	¿de dónde?	where... from?
11	de frente	opposite
7	debajo	under (neath), below
8	debajo de	under, below (prep.)
3	deberes, los	homework
11	decidir	to decide
1	decir	to say, tell
7	dedo, el	finger, toe
11	dejar	to let, leave, allow
6	dejarse	to let (oneself)...
1	del (de + el)	of the, from the
7	delante	in front
8	delante de	in front of
5	delgado	slim, thin
6	dentro	inside
8	dentro de	in, into, inside
6	deporte, el	sport (s)

7	derecha, la	right
6	desayunar	to have breakfast
6	desayuno	breakfast
6	descansar	to rest
11	desde	from, since
12	deshacer	to undo
3	desobediente	disobedient
6	después	after; later
7	detrás	behind
1	día, el	day
3	dibujar	to draw
9	diciembre	December
7	diente, el	tooth
2	diez, el	ten
3	difícil	difficult
8	dirigir	to send to; direct traffic
7	disfrazar (se)	to disguise (o.s.); dress up
4	divertido	amusing, fun
4	divertir (se)	to have fun
6	doce, el	twelve
7	domador, el	lion-tamer
6	domingo, el	Sunday
2	dominó, el	dominoes
4	don	Mr. (courtesy title)
2	donde	where
6	dormilón	sleepy-head
6	dormir	to sleep
6	dormitorio, el	bedroom
1	dos, el	two
8	doña	Ms.(courtesy title)
6	ducha, la	shower
6	duchar (se)	to have/take a shower
12	duende, el	spirit, goblin, elf
9	dulce	sweet
10	dulce, el	sweet, cream cake
6	durante	during, (for)

E

12	e	and (before "i")
7	¡eh!	hey! what?
11	echar	put in; give (to eat, etc.)
3	el/ella	he/she, him/her
1	el/la	the (sing.)
2	el/los	the (def. art, masc. S & P)
3	ella	she, her
5	ellos/ellas	they, them
5	empezar	to begin
1	en	in, on, at
12	en el centro de	in the middle of
12	en medio de	in the middle of
6	en punto (hora)	o'clock; "prompt"
12	encender (se)	to light, switch on
7	encima	on top (of)
8	encima de	on top of

7	encontrar (se)	to meet/find; to feel
9	enero	January
11	enfadado/a	angry
8	enfermo/a	ill, patient
10	enfriar	to cool, chill
10	enfriar (se)	to get cold
10	ensalada, la	salad
6	enseguida	at once, right away
3	enseñar	to teach; to show
6	entonces	then, so
11	entrar	to go/come in, enter
2	equipo, el	team,
5	erre, la	r (letter)
6	escalera, la	staircase, ladder, stairs
11	escapar	to escape, miss
1	escribir	to write
1	escuchar	to listen (to)
12	escuela, la	school, college
2	ese/a	that (one); s (letter)
3	eso	that one (neuter)
11	esos/esas	those (ones)
7	español	Spanish
1	español, el	Spanish (lang.), Spaniard
6	esperar	to wait (for), hope, expect
9	esquiar	to ski
4	esquina, la	corner
	estación, la	season
9	(del año)	(of the year)
1	estar	to be
1	éste/a	this (one)
3	esto	this (one) (neuter)
11	estrella, la	star
12	estribillo, el	refrain, chorus
8	estudiante, el	student, pupil, alumnus
3	estudiar	to study
3	estupendo	fine, great, splendid
2	evaluación, la	evaluation, test
6	excursión, la	trip, excursion
12	extranjero, el	foreigner, "abroad"

F

3	fácil	easy
7	falda, la	skirt
9	faltar	to be missing
5	familia, la	family
7	fantasma, el	ghost
2	fantástico	fantastic, great
4	farola, la	street lamp
9	febrero	February
8	feliz	happy
2	fenomenal	phenomenal, fantastic, great
2	feo	ugly
5	ferrocarril, el	railway, railroad
2	ficha, la	card, record card

4	fiesta, la	party, holiday, festivity
5	fijar (se)	to notice, take account of
12	filete, el	steak
12	fin de semana, el	weekend
10	fin, el	end
10	flan, el	cream caramel
1	flor, la	flower
9	florecer	flourish
9	florecido	covered with flowers
12	flotador, el	wings, rubber ring (swimming)
7	foto, la	photograph
8	fotógrafo, el	photographer
10	freír	to fry
11	fresco/a	fresh
6	frigorífico, el	fridge, freezer
6	frío	cold
12	frío, el	cold
10	frito	fried; patatas fritas = chips
9	fruta, la	fruit
9	fuego, el	fire, light (cigarette)
1	fuente, la	fountain
7	fuera	out (side)
9	fuerte	strong
2	fútbol, el	football, soccer
8	futbolista, el	footballer, football-player

G

5	gafas, las	glasses
10	galleta, la	biscuit
11	gallina, la	hen
11	gallinero, el	hen-coop
11	gallo, el	cock
6	¡gamberro!	you rascal!
6	ganas, las	desire, wish (tener ganas)
6	gas, el	gas (NOT gasoline)
5	gastar	to spend (money); play (joke)
1	gato, el	cat
3	geografía, la	geography
10	gimnasia, la	gymnastics
7	gitana, la	gypsy (fem.)
1	globo, el	balloon
2	gol, el	goal (sport)
9	goma, la	rubber, eraser
8	gordo	fat, plump
12	gorra, la	cap
9	gota, la	drop
1	gracias, las	thanks
7	gracioso	pretty, attractive, "funny"
1	gráfico	illustrated; "picture story"
3	grande	big, large
11	granja, la	farm
11	granja-escuela, la	educational farm
11	granjero, el	farmer
9	grupo, el	group

7	guante, el	glove
5	guapo/a	handsome; pretty
3	guardar	to keep
5	guitarra, la	guitar
5	gustar	to like (impers.)
9	gusto, el	taste

H

6	haber	(auxiliary verb)
6	haber	(to be: there is/are)
1	hablar	to speak, talk
3	hacer	to do, to make
11	hacer (se)	to make from; to make
1	hache, la	h (letter)
1	hacia	towards
2	hada, el	fairy (spirit)
1	helado, el	ice-cream
3	helicóptero, el	helicopter
5	hierba, la	grass
1	hoja, la	leaf
1	hombre, el	man
8	horario, el	timetable; hours of work
10	horno, el	oven
11	huerto, el	market/vegetable garden, orchard
11	huevo, el	egg

I

9	impermeable, el	raincoat, "mac"
9	importante	important
7	indio, el	Indian
12	infante, el	infant (poetic)
8	ingeniero, el	engineer
12	inglés, el	English, Englishman
9	invierno, el	winter
2	ir	to go
9	ir (se)	to leave
7	izquierda, la	left

J

9	jabón, el	soap
11	jamás	never
10	jamón, el	ham
6	jardín, el	garden
10	jarra, la	jar, vase, jug
10	jaula, la	cage
10	jefe, el	boss
7	jersey, el	jersey, sweater, pullover
10	jirafa, la	giraffe
8	joven	young
9	juego, el	game
6	jueves, el	Thursday

2	jugar	to play (games, etc.)
10	jugo, el	juice
9	juguete, el	toy
9	julio	July
9	junio	June
11	junto, a, os, as	together

L

1	la	the (=fem, def. article)
1	la	her, it (fem, obj. pronoun)
6	la una (hora)	one o'clock
11	ladrillo, el	brick
5	lago, el	lake
6	lámpara, la	lamp
10	lana, la	wool
3	lápiz, el	pencil
7	largo/a	long
6	las diez (horas)	ten o'clock
6	las doce (horas)	twelve o'clock
6	las dos (horas)	two o'clock
6	las nueve (horas)	nine o'cloock
6	las ocho (horas)	eight oclock
6	las once (horas)	eleven o'clock
6	las seis (horas)	six o'clock
6	las tres (horas)	three o'clock
6	lavabo	washbasin
6	lavar (se)	to wash
5	le	him, (ind. obj, pron.)
11	le/les	him, them (ind. obj, pron.)
3	lección, la	lesson, unit
1	leche, la	milk
3	lectura, la	reading (text)
1	leer	to read
9	lejos	far away, distant
3	lengua, la	tongue; language
7	león, el	lion
4	les	them (ind. obj, pron.)
1	letra, la	letter (alphabet)
11	levantar	to raise, lift up
6	levantarse	to get up
8	librería, la	bookshop
3	libro, el	book
5	liso	smooth; straight (hair)
4	llamar	to call/ring/phone
1	llamar (se)	to be called (what's your name)
7	llave, la	key
5	llegar	to reach, arrive
9	llenar	to fill
9	lleno	full
3	llevar	to wear, carry
7	llevar (puesto)	to wear clothes
9	llevar (se)	to get on (well) with s.o.
9	llevar (se)	to take away
9	llorar	to cry

7	llover	to rain
9	lluvioso	rainy
1	lo	it (dir. obj.)
7	lobo, el	wolf
1	los/las	they, them (def. art, plur.)
4	luego	then, later, after
11	luna, la	moon
6	lunes, el	Monday
5	luz, la	light

M

11	madera, la	wood
5	madre, la	mother
7	maga, la	wizardess, magician
3	mágico	magic
4	mago, el	magician
11	maíz, el	corn, maize
3	mal	bad (ly), ill; wrong
8	malo	bad; ill
4	mamá, la	Mum (my)
6	mano, la	hand
11	mantequilla, la	butter
3	manzana, la	apple; block (of flats)
3	mapa, el	map
12	mar, el	sea
9	marcha, la	march, walk
11	marchar (se)	to walk; to leave
9	mariposa, la	butterfly
3	marrón	brown
6	martes, el	Tuesday
9	marzo	March
5	más	more (most)
9	mayo	May
5	mayor	bigger, older, elder
11	mañana	tomorrow
3	mañana, la	morning
1	me	me
8	mecánico, el	mechanic
7	media (hora)	half (an hour)
7	media, la	stocking; half
8	médico, el	doctor
6	mediodía, el	noon, mid-day
7	mejor	better
5	menor	smaller, younger
11	menor, el	the smaller, younger
6	menos	less; minus (math)
11	mentira, la	lie
10	merendar	to have tea/high tea
10	mermelada, la	marmalade, jam
9	mes, el	month
3	mesa, la	table
10	meter	to put
7	meterse	to get/put into
11	metro, el	meter; underground

1	mi	my; me
9	miedo, el	fear; tener miedo=be afraid
7	miel, la	honey
6	miércoles, el	Wednesday
9	mieses, las	corn/grain
9	mil, el	thousand
3	mío/a	mine
1	mirar	to look, watch
11	mismo	same
9	mojar	to get wet/damp, to wet
6	momento, el	moment, minute
11	monitor, el	monitor
11	montado	riding
6	montar	ro ride, get on
4	montarse	to ride, have a go (fair)
5	montaña, la	mountain
5	moreno	dark (-haired); tanned
7	mover	to move
12	moverse	to move
11	muchacho/a	young man/woman/girl
8	¡muchas felicidades!	Happy Birthday/Anniversary!
1	muchas gracias	thank you very much
6	mucho	a lot (of); very much
5	mujer, la	woman, wife
5	mundo, el	world
3	música, la	music
1	muy	very

N

11	nacer	to be born
3	nada	nothing
1	nada, de	not at all, you're welcome
6	nadar	to swim
3	naranja, la	orange
7	nariz, la	nose
10	necesitar	to need, require
3	negro	black
9	nevar	to snow
5	nieta, la	granddaughter
5	nieto, el	grandson
9	nieve, la	snow
1	niño, el	boy, child
1	no	no, not
1	noche, la	night
1	nombre, el	name
2	nos	us
5	nosotros	we, us
5	noventa, el	ninety
9	noviembre	November
5	nube, la	cloud
4	nuestro	our, ours
2	nueve, el	nine
1	nuevo	new

2	número, el	number

O

5	ochenta, el	eighty
2	ocho, el	eight
9	octubre	October
1	¡oh!	oh!
7	oír	to hear
5	ojo, el	eye
12	ola, la	wave
6	once, el	eleven
3	ordenador, el	computer
7	oreja, la	ear
9	oriental	eastern, oriental
7	os	you (plur, fam.)
9	otoño, el	autumn
5	otro	other, another
10	oveja, la	sheep

P

5	padre, el	father
10	paella, la	paella
11	paja, la	straw
3	pájaro, el	bird
12	pala, la	spade
1	palabra, la	word
10	pan, el	bread
7	pantalón, el	trousers
5	papá, el	Dad (dy)
3	papel, el	paper
3	paquete, el	parcel
3	para	for
3	¿para qué?	what... for?
9	paraguas, el	umbrella
2	parchís, el	parcheesi
5	parecer (se)	to look (like); seem
1	parque, el	park
9	partido, el	match (sport)
9	pasar	to pass (time)
6	pasar	to spend (time); have a (good)
6	pasear	to walk, stroll
11	paseo, el	walk, stroll
9	pasta de dientes, la	toothpaste
10	patata, la	potato
3	patio, el	patio, small garden (interior)
11	pato, el	duck
7	payaso, el	clown
6	paz, la	peace
7	pañuelo, el	handkerchief
6	pedir	to ask (for)
11	pelear (se)	to fight, argue
5	pelirrojo/a	red-head; red-haired
5	pelo, el	hair

2	pelota, la	ball
11	pena, la	pity; vale la pena = it's worth
11	pensar	to think, imagine
4	pequeño	small
6	pera, la	pear
11	perder	to lose, miss
4	perdón	"pardon me"
4	perdón, el	"Sorry", "Excuse me", "Pardon"
8	periodista, el	journalist
1	pero	but
3	perro, el	dog
6	¡pesado!	(be a) nuisance!
10	pescado, el	fish (to be eaten)
12	pescador, el	fisherman
12	pescar	to fish
5	pez, el	fish (normally alive)
7	pie, el	foot
2	piedra, la	stone
7	pierna, la	leg
12	pijama, el	pyjama (s)
3	pintar	to paint
7	pisar	to step (on)
2	piscina, la	swimming-pool
3	pizarra, la	chalkboard, (black) board
11	piña, la	pineapple
11	piñón, el	pine seed
10	plátano, el	banana
4	plato, el	plate, dish
9	playa, la	beach, seaside
4	plaza, la	square, plaza
3	pluma, la	pen; feather
11	pobre	poor
5	poco	little; not much
9	poder	to be able to
12	poesía, la	poetry
8	policía de tráfico, el	traffic policeman/cop
10	pollo, el	chicken
10	poner	to put
11	poner un huevo	to lay an egg
7	poner (se)	to put on (clothes)
4	por	by, for, because of
8	por favor	please
5	¡por fin!	at last!
5	¿por qué?	why?
2	portería, la	goal (football)
10	postre, el	dessert
11	prado, el	meadow, prairie
3	precioso	lovely, beautiful
6	preparar	to prepare, get ready
9	prestar	to lend
8	prima, la	cousin (fem.)
9	primavera, la	spring
12	primer	first
9	primero	(at) first

5	primo, el	cousin (masc.)
6	prisa, la	hurry
3	profesor, el	teacher
6	programa, el	programme, program
3	prohibir	to forbid, prohibit
4	pronto	soon
1	pronunciar	to pronounce
9	próximo	next, nearest
11	pueblo, el	village, small country town
4	puerta, la	door
10	pues	well, since
8	pulsera, la	bracelet
6	punto (hora)	"o'clock"
1	puntuación, la	punctuation
12	puré, el	mashed (potatoes, etc.; puree)

Q

1	que	that, which, than
3	¡qué bien!	great!, fantastic!, fabby!
12	¡qué calor!	it's hot! , oh, this heat!
3	¡qué difícil!	this is really difficult!
3	¿qué es?	what is it, what's that?
3	¡qué fácil!	it's dead easy!
1	¡qué gracia!	how funny/amusing/clever!
12	¡qué gracioso/a!	how funny!
6	¿qué hora es?	what's the time?
3	¡qué suerte!	what luck!
1	¿qué tal?	hi! / how are things?
1	querer	to love; to want
4	querido	dear
2	queso, el	cheese
2	¿quién?	who?
3	quieto	still, calm, quiet
2	quiosco, el	kiosk, newspaper stand
7	quitar	to take away/off; subtract
12	quitar (se)	to take off (clothes)

R

3	racimo, el	bunch (of grapes)
8	ramo, el	bunch (of flowers)
11	rápidamente	quickly
5	rápido	quick
2	raqueta, la	raquet
7	raro	strange, "funny"
7	raya, la	stripe
11	recoger	to collect, pick up
3	recreo, el	break, rest
2	red, la	net
9	refrán, el	refrain, proverb, chorus
8	regalar	to give a present
3	regalo, el	present
3	regla, la	ruler
8	regular	regular, "not bad"

5	reír	to laugh
6	reloj, el	watch, clock
8	repartir	to hand out, distribute
5	restar	to take away, deduct, subtract
8	restaurante, el	restaurant
4	rico	rich, "good" (taste)
5	río, el	river
4	risa, la	laugh
5	rizado	curly, wavy
4	robot, el	robot
12	roca, la	rock
3	rojo	red
9	romper	to break
7	ropa, la	clothes
8	rosa	pink
8	rosa, la	rose
2	rubio	fair (—aired/skinned); blonde
5	rueda, la	wheel

S

6	sábado, el	Saturday
3	saber	to know; to speak (languages)
9	sacar	to take/get out
10	salchicha, la	sausage
6	salir	to go/come out; to leave
6	salón, el	living-room, sitting-room
3	saltar	to jump
11	saludar	to greet, say hello/hi
1	se	(=impersonal/reflexive pron.)
9	secar (se)	to dry (off)
8	secretaria, la	secretary
10	sed, la	thirst
9	seguir	to follow
11	segundo	second
2	seis, el	six
4	semáforo, el	traffic light (s)
6	semana, la	week
9	sembrar	to sow
11	separar (se)	to divide, separate, diverge
9	septiembre	September
1	ser	to be
10	servilleta, la	serviette, napkin
3	servir	to serve; to be useful for...
5	sesenta, el	sixty
1	señor, el	gentleman,"Mr" (courtesy title)
1	señora, la	lady, "Ms" (courtesy title)
	si	if
1	sí	yes
9	siempre	always
2	siete, el	seven
6	silla, la	chair
6	sillón, el	armchair
2	simpático/a	nice, charming, friendly
5	sin	without

9	situar	to place	8	trabajar	to work
8	sobrino, el	nephew	3	traer	to bring
5	sofá, el	sofa	8	tráfico, el	traffic
5	sol, el	sun, sunshine; "sunny"	2	treinta, el	thirty
10	sólo	only	11	tren, el	train
5	sombrero, el	hat	1	tres, el	three
12	sombrilla, la	sunshade	2	trigo, el	wheat
6	son las... (hora)	it's... (o'clock)	6	trompeta, la	trumpet
10	sopa, la	soup	3	trotar	to trot
11	soplar	to blow	1	tú	you (fam.)
8	sorpresa, la	surprise	1	tu	your (fam.)
2	su	his, her, its, your, their	7	tuno, el	student minstrel
3	suerte, la	luck	7	turista, el	tourist
6	sueño, el	sleep; dream	4	turrón, el	sweet nougat
6	sueño, tener	to be/feel sleepy	6	tus	your (poss. adj. plur.)

T

1	también	also, too
3	tan	so, such (a)
9	tan (to)	so (much)
6	tarde (llegar tarde)	(to be) late
1	tarde, la	afternoon, evening
7	tarta, la	cake, pie
1	te	you (obj. pron.)
4	teléfono, el	telephone, phone
6	televisión, la	television
8	televisor, el	television set
6	temprano	early
10	tenedor, el	fork
2	tener	to have; to be (age, cold, etc.)
12	tener ganas	to feel like (doing sth.)
11	tener que	to have to
2	tenis, el	tennis
8	tenista, el	tennis-player
5	terminar	to finish
8	tí	you (ind. obje. pron.)
6	tía, la	aunt
9	tiempo, el	weather; time
4	tienda, la	shop
5	tierra, la	earth; land, soil
3	tijeras, las	scissors
2	tío, el	uncle
2	tirar	to throw
9	toalla, la	towel
6	tocar	to touch; to be s.o.'s turn
10	todavía	still; yet
3	todo	everything, all
7	tomar	to take/have
12	tomate, el	tomato
3	tonto	stupid, silly
9	tormenta, la	storm
10	tortilla, la	omelette
11	tos, la	cough

U

2	¡uf!	ow!,oh! ouch! wow!
9	último	last, latest
2	un/a	one, a/an
6	una, la (hora)	one o'clock
2	uno, el	one
7	¡uuuh!	wow!, oops!
3	uva, la	grape

V

3	vaca, la	cow
12	vacaciones, las	holidays
7	vaquero, el	cowboy, cow-hand
10	vaso, el	glass
5	veinte, el	twenty
6	veinticinco, el	twenty-five
2	venir	to come
6	ventana, la	window
9	ventoso	windy
4	ver	to see; to watch
9	verano, el	summer
11	verdad, la	truth; true; "isn't it?"
3	verde	green
7	vestido, el	dress
6	vestir (se)	to dress/get dressed
11	vez, la	time; "turn"
12	viajar	to travel
11	viaje, el	journey, trip, voyage
9	viejo	old
9	viento, el	wind
6	viernes, el	Friday
11	visitar	to visit/pay a visit/call on
2	vivir	to live
11	volar	to fly
11	volver	to go/come back
4	vosotros	you (fam. plur.)

Y

1	y	and
5	ya	already; I see
1	yo	I
10	yogur, el	yogourth

Z

3	zapato, el	shoe
3	zorro, el	fox
3	zumo, el	juice